AF765987

www.ingramcontent.com/pod-product-compliance
Lightning Source LLC
LaVergne TN
LVHW010813051026
849532LV00007B/2530
* 9 7 8 9 3 5 8 7 2 4 8 1 3 *

صرف ایک سگریٹ

(افسانے)

راجندر سنگھ بیدی

© Taemeer Publications LLC

Sirf aik Cigarette *(Short Stories)*

by: Rajinder Singh Bedi

Edition: October '2024

Publisher :

Taemeer Publications LLC (Michigan, USA / Hyderabad, India)

ISBN 978-93-5872-481-3

9 789358 724813

کتاب	:	**صرف ایک سگریٹ** (افسانے)
مصنف	:	**راجندر سنگھ بیدی**
صنف	:	فکشن
ناشر	:	تعمیر پبلی کیشنز (حیدرآباد، انڈیا)
سالِ اشاعت	:	۲۰۲۴ء
صفحات	:	۱۲۸
سرورق ڈیزائن	:	تعمیر ویب ڈیزائن

فہرست

ہاتھ ہمارے قلم ہوئے

ایک اعتراف

پادری روزاریو نے گناہگار جاہن سے کہا
—"تم تو اعترافِ گناہ کے لیے میرے پاس آئے
تھے، مگر تم نے آرڈیننگیں مارنا شروع کردیں۔۔۔۔"

مجھے اس بات کا اندازہ نہ تھا کہ اپنے پڑھنے والوں کے سامنے ایک دن مجھے گناہ گار کی صورت میں کھڑا ہونا پڑے گا اور اپنے وہ گناہ قبول کرنے پڑیں گے جو میں نے نہیں کیے۔ یا اگر کیے ہیں تو اس لیے کہ مجھے فن کی سند حاصل ہے، جو ایک طرح سے راشٹرپتی کی معافی ہے جو سنگین سے سنگین قتل میں بھی سرکاری گواہ کو میسر ہوتی ہے۔۔۔۔

باپ روزاریو! میں ایک سیدھا سادہ، حلالی اور قانون پرست شہری تھا۔ اپنے پڑھنے والوں سے پیار، ان سے لاڈ کرتا تھا، انھیں چومتا چاٹتا تھا، حالانکہ ان میں عورتیں بھی تھیں۔ میں سب کو سر آنکھوں پر بٹھاتا تھا اور اگر کہیں ان کو پیرِ تسمہ پا کی طرح اپنے اوپر سوار ہوتے دیکھتا تو جھٹک

بھی دیتا۔ میں ایک طرح کا جمینز (Jimenez) تھا جو اپنا دکھ سکھ اپنے پلاٹیرو (Platero) کو بتاتا ہے، جو ایک بڑا پیارا اور معصوم سا گدھا ہے اور جمینز کی بدولت اب تک کلاسیکی حیثیت اختیار کر چکا ہے۔ آپ اس گدھے کو نہیں جانتے، لیکن میں جانتا ہوں، کیونکہ اپنی خدمات کے عوض وہ جمینز کو نوبل پرائز بھی دلوا چکا ہے ــــ

گدھے کے ذکر کا بُرا مت مانیے، فادر روزاریو! آپ تو جانتے ہیں کہ مغرب میں گدھے کو اتنا بُرا جانور نہیں سمجھا جاتا، جتنا کہ ہم اپنے ہاں سمجھتے ہیں۔ پھر آپ تو گوا کے رہنے والے ہیں اور اب ہندوستانی ہو گئے ہیں۔ آپ ہی بتائیے گدھے کی بے وقوفی ایک اسطوری بات Myth نہیں جو ہم اور آپ ہی نے مل کر بنائی ہے؟ گدھے میں کچھ خوبیاں بھی ہوتی ہیں، سب سے بڑی خوبی تو یہ ہے کہ ــــ وہ بوجھ اُٹھاتا ہے۔ ڈنڈا کھانے پر فقط رفتار کو تھوڑا تیز کر دیتا ہے۔ مگر شکایت کا حرف تک زبان پر نہیں لاتا۔ جو ایک کامیاب زندگی کا راز ہے اور جس کی تلقین ہمارے روحانی پیشوا کب سے کرتے آئے ہیں اور ہمارے نیتا اب تک کرتے ہیں۔ آپ کا خیال ہے، باپ روزاریو! کیا میری بوجھل تحریر پڑھ کر میرے قاری مجھے مارنے دوڑتے ہیں ــــ؟ بالکل نہیں ایسا ہوتا تو میں روز صبح ان کو ماٹنگا میں پان والے کی دکان اور دن کو کسی فلم اسٹوڈیو میں مل جاتا۔ اور شام کو کہیں ہسپتال میں اپنی پسلیاں گنتا۔ وہ ایسا نہیں کرتے، کیونکہ وہ مجھے سمجھ گئے ہیں اور میں ان کا راز پا گیا ہوں۔ قصہ مختصر انھیں مجھے اور مجھے انھیں بے وقوف سمجھنے کی پوری آزادی تھی، جو اب ان حالات میں نہیں ہے جب کہ میں

— چاہتی — گناہِ اقبال — معاف کیجیے — اقبالِ گناہ کے لیے آپ کے سامنے کھڑا ہوں اور میری ٹانگیں کانپ رہی ہیں اور سر جیسے گو پھٹے میں پڑا ہے۔ اگر میں بے باک طریقے سے اعترافِ گناہ کرتا ہوں تو آپ کو وہ میری ڈینگیں معلوم ہونے لگتی ہیں۔ اور اگر دبی زبان سے مانتا ہوں تو حقیقت مونالزا کی مبہم سی مسکراہٹ ہو کر رہ جاتی ہے..... عجب مصیبت ہے نا؟

فادر روزاریو! اعترافِ گناہ کا مسئلہ میرے نزدیک بہت نازک ہے۔ میں ایک ایماندار آدمی ہوں۔ اس لیے جو کہوں گا سچ کہوں گا۔ چاہے خدا حاضر وناظر ہو یا نہ ہو۔ میرا ہاتھ مقدس کتاب پر ہو یا نہ ہو۔ اس کا یہ مطلب ہرگز نہ سمجھیے گا کہ میں خدا کو نہیں مانتا یا کسی مقدس کتاب پر ایمان نہیں لاتا۔ خدا پر ایمان نہ لانا تو اپنے آپ پر ایمان نہ لانے کے برابر ہے، فادر! کیونکہ ہمارا اپنا "آپ" ہی خدا ہے۔ اور کتاب بھی میری ہی طرح کے ایک انسان نے اپنے ارفع لمحوں میں لکھی ہے۔ میں ایسا ہی کافر ہوتا تو اس اعتراف کے سلسلے میں آپ جو خدا کے نمائندے ہیں کے پاس ہی کیوں آتا؟ آپ بے صبر ہو رہے ہیں؟ — یہ تو ڈینگ نہیں ہے۔ بہر کیف، میں کہنا یہ چاہتا ہوں کہ گناہ پہلے ہوتا ہے اور اعتراف بعد میں۔ لیکن اپنا کیا کروں؟ میں اُن گنا ہگاروں کی قبیل میں سے ہوں، جو اعتراف پہلے کرتے ہیں اور جب کوئی اُن کے اعتراف کو اہمیت نہ دے یا ان کی طرف دیکھتا نہ ہو تو چپکے سے ایک طرف جا کر کہانی لکھ مارتے ہیں۔

پہلے میں اپنی کہانی کے کرداروں اور اُس کے تانے بانے کو اپنے

دوستوں پر آزماتا ہوں، باپ روزار یو! مگر ساتھ ہی یہ صریح جھوٹ بول دیتا ہوں کہ میں اسے لکھ بھی چکا ہوں۔ اس جھوٹ کے دو فائدے ہیں۔ ایک تو یہ کہ کوئی حرام الدہر اسے چرا نہیں سکتا، اور دوسرے یہ کہ مجھے اپنی کہانی کے اثر کا پتہ چل جاتا ہے۔ اگر وہ بہت ہی متاثر معلوم ہوں اور خوب ہی سر دھنیں تو میں اس کہانی کو سرے سے لکھتا ہی نہیں۔ ہاں! ایسی کہانی لکھنے کا فائدہ ہی کیا فادر! جسے چھوٹتے ہی ہر نتھو خیرا سمجھ جائے! اگر ان کے چہروں پر ناسمجھی کے نقوش دیکھتا ہوں تو مجھے یقین آجاتا ہے کہ میاں اب بات بنی۔ جب میں اسی وقت لکھنے بیٹھ جاتا ہوں۔ وہ کہانی ہوتی بھی بے حد کامیاب ہے۔ کیوں کہ وہ میری اپنی سمجھ میں بھی نہیں آتی۔ جو کہ میرے نزدیک فن کی معراج ہے۔ دیکھیے تو دنیا بھر کا آرٹ، کیا ناول اور کیا مصوّری اور کیا تعمیر، سب کدھر جا رہے ہیں؟ اور ہم ابھی تک مطلب کے چکر میں پڑے ہیں۔ میں مطلب کی پروا ہی نہیں کرتا اور اگر کرتا بھی ہوں تو بہت بعد میں۔ میں لوگوں کو کہانی کے بارے میں لے دے کرنے دیتا ہوں۔ ناسمجھی کے الزام سے ڈرتے ہوئے وہ خود ہی اس میں معنی پیدا کرنے میں کامیاب ہوجاتے ہیں۔ جب میں بے اختیار ان کی داد دیتا ہوں اور ان کے ساتھ ہم آواز ہوکر کہہ اٹھتا ہوں۔ بالکل، میرا بھی یہی مطلب تھا۔ مگر افسوس ذہانت کے اس ویران آباد ملک ہندوستان میں سمجھنے والے کتنے لوگ ہیں؟ دراصل کہانی ہر ایک کے لیے لکھی بھی نہیں جاتی یارو! میں تو سمجھتا ہوں کہ ایک آدمی بھی سمجھ گیا تو میری محنت ٹھکانے لگی۔ ... جیو.....

کیا میں پھر ڈینگیں مار رہا ہوں، فادر؟

ہاں تو میں کہہ رہا تھا کہ میں اعتراف پہلے کرتا ہوں اور گناہ بعد میں۔ اعتراف پہلے ہو یا گناہ لیکن ایک بات طے ہے کہ اعتراف و گناہ دونوں الگ الگ حیثیت رکھتے ہیں۔ اور بیکار ہی آپس میں اُلجھتے رہتے ہیں۔ میں انھیں علیٰحدہ علیٰحدہ لے جاکر سمجھانے کی کوشش کرتا ہوں لیکن دونوں برابر اپنی ہٹ پر قائم رہتے ہیں، اس سلسلے میں مجھے اپنی ہی ایک کہانی یاد آتی ہے جس میں ایک آدمی کسی مرد عورت کے جھگڑے میں پڑ گیا۔ کیا مرد اور عورت کے جھگڑے کا کوئی حل ہے 'باپ روز اریو؟ کبھی ہوا ہے یا ہوگا ــــ؟ ایک مارنے والا' اور دوسرا مار کھانے والا۔ ایک اذیت دینے والا اور دوسرا اذیت سہنے والا۔ اور دونوں اسی طرح سے خوش ہوتے رہتے ہیں۔ ہم بیچ میں ناموں ہوتے ہیں؟ البتہ مرد اور عورت کبھی کبھی ایک دوسرے کے ساتھ اپنا رول بدل بھی لیتے ہیں۔ کیوں کہ ہر مرد میں ایک عورت چھپی ہوتی ہے اور ہر عورت میں کئی مرد۔ کم از کم بھر تری ہری تو اپنے شرنگار شتک میں کچھ ایسا ہی لکھتے ہیں ــــ

بہرحال ان کے فضیحتے کے بارے میں ازل سے کہانیاں لکھی جارہی ہیں۔ اور ابد تک لکھی جائیں گی، جن میں جھگڑا، مارپیٹ، ایذا رسانی ایک ضمنی اور مقامی حیثیت رکھیں گے اور ہم تہذیب کا ڈھنڈورا پیٹنے والے اس کے خلاف آواز اُٹھاتے رہیں گے۔ میں پوچھتا ہوں کیا آپ کی ساری رہبانیت اور اپنے تجرد کے فلسفے میں ہم اسی بات کو تسلیم نہیں کرتے، جس کی نفی میں ہم اپنے بدن کے پچھواڑے کو برفاب میں ڈبوتے، درختوں پر اُلٹا لٹکتے اور اذیت دینے والے فاقے کرتے ہیں؟ بوکاشیو کی داستانوں میں کتنے مردوں اور کتنی عورتوں نے اعترافِ گناہ کیا اور پھر

اپنی پہلی ہی فرصت میں گناہ کی طرف لوٹ آئے، کیونکہ وہ سانپ کی کھال کی طرح سے ڈراؤنا ہوتا ہے اور خوبصورت بھی، درمیان میں کوئی ایبٹ اور فرائر جو خود کو خدا اور کلیسا کا نمایندہ کہتا تھا، بے وقوف بن گیا۔ کیا وقت نہیں آیا، فادر کہ ایبٹ اور فرائر، ملّا اور قاضی، پنڈت اور پجاری لوگ بے وقوف بننا چھوڑ دیں؟ میری بات چھوڑیے۔ میں اس وقت سچے دل سے اعتراف کر رہا ہوں اور بہت سے لوگوں کی طرح کنفیشن کے کان کاٹ کر اسے فیشن کے طور پر استعمال نہیں کر رہا ہوں۔ ہاں، بعد میں کیا ہوتا ہے، یہ نہیں کہہ سکتا۔ یہ سوائے اس حسین ابہام کے جو ہمارا خدا ہے اور کون جان سکتا ہے؟..... تو میں کہہ رہا تھا کہ میری کہانی میں وہ آدمی مرد اور عورت کے جھگڑے میں پڑ گیا۔ جس طریقے سے میں اعتراف اور گناہ کو الگ الگ اور منفرد حیثیت دیتا ہوں، اسی طرح اس نے دونوں کو الگ الگ بٹھانے کی کوشش کی۔ پہلے وہ مرد کو ایک طرف لے گیا اور بڑے جوکھم کے ساتھ اُسے سمجھایا بجھایا اور اس کے خون آشام غصے کو ٹھنڈا کیا، پھر وہ عورت کو الگ ایک طرف لے گیا مگر آج تک واپس ہی نہیں آیا....

ہیں، فادر روزاریو؟!!

میرے لکھنے لکھانے کی ابتدا چوری سے ہوئی، باپ روزاریو! آپ گھبرائیے نہیں۔ ذرا صبر سے میری بات سنیے، میں کہیں بھی اس چوری کے سلسلے میں اپنے آپ کو حق بجانب نہیں ٹھہراؤں گا۔ آپ کے اُٹھے ہوئے ابرو اور چہرے کے سوالیہ نشان مجھے پریشان کر رہے ہیں، اس لیے بعد کی بات پہلے ہی کیوں نہ کہہ دوں تاکہ آپ کو اپنے وجود سے بھی تسلی رہے۔

میں نے چوری کی اور پھر خود ہی اپنے منہ پر دو تین چپتیں بھی ماریں۔ کیونکہ اس کام کے لیے اور کوئی پاس نہیں تھا۔ جیسا کہ ہر کامیاب چوری میں وہ نہیں ہوتا۔ نہ معلوم کہاں چلا جاتا ہے؟ ایک طرح سے اچھا ہوا کیونکہ کئی لوگوں میں صبر نہیں ہوتا۔ ادھر چوری ہوتی ہے، اُدھر وہ چلّانا شور مچانا شروع کر دیتے ہیں۔ پہلے دور بھاگتے ہیں، اور جب دوسرے مدد کے لیے آجائیں تو پھر قریب آجاتے ہیں۔ اور پکڑ لیتے ہیں۔ آپ چاہے کتنی بھی معافی مانگیں مگر وہ نہیں چھوڑتے۔ ان کی سرشت میں کتنا ظلم، کتنی ناانصافی ہے کہ چوری بھی آپ ہی کو کرنی پڑے اور معافی بھی آپ ہی مانگیں....

قصہ یوں ہوا فادر، کہ ہمارے کالج کے ایک پروفیسر اکولا میں کہیں سب جج ہو گئے۔ کامیابی کا دروازہ ان پر کسی پاگل کے قہقہے کی طرح سے کھل گیا۔ اب ان کی سمجھ میں نہ آرہا تھا کہ کیا کریں؟ چنانچہ ہم لڑکوں کو جو بکھرے ہوئے تھے، اکٹھا کیا اور ایک لیکچر دینا شروع کر دیا۔ آج تک میری سمجھ میں نہیں آیا، باپ رونداریو! کہ کامیابی کے دروازے پر کھڑا آدمی اندر کیوں نہیں جاتا؟ باہر ہی لیکچر دینا کیوں شروع کر دیتا ہے؟ شاید اس لیے کہ اندر جاتے ہی اُسے کامیابی کی اساس کا پتہ چل جاتا ہے۔ پھر دوسرے لیکچر دیتے ہیں اور وہ غریب کان بند کرنے کی کوشش میں منہ کھول کر سنتا ہے۔ چنانچہ پروفیسر صاحب نے کہا۔ "اس دنیا میں معمولی Mediocre قسم کے لوگوں کے لیے کوئی جگہ نہیں۔ تم چاہے چور بنو، لیکن اس پائے کے چور کہ دنیا بھر میں کوئی دوسرا تمھاری ہمسری نہ کر سکے۔"

اب اُس عمر میں ہمیں کیا معلوم، فادر رونداریو؟ ہمارے نزدیک تو

چور کا ایک لفظ تھا۔ جو کل روئے زمین پر گھوم کر پھر ہمارے کانوں میں پڑتا آتا تھا۔ ایک بچہ کیا جان پائے کہ پروفیسر کی زبان میں وہ ایک اصطلاحی لفظ تھا جس کا مطلب پردھان منتری بھی ہو سکتا ہے، انجینیر ہو سکتا ہے، ڈاکٹر ہو سکتا ہے۔ ہم اس نئی تعلیم کو پروفیسر صاحب ہی سے شروع کرتے لیکن وہ تین ڈاؤن کلکتہ میل سے جا چکے تھے۔ ہمیں خاص بننے کا سبق دیتے ہی وہ خود ہمیشہ کے لیے عام ہو گئے تھے۔ پھر ہم نوآموزوں کے سامنے کوئی ایسی زندہ مثال بھی تو نہ تھی۔ ہندوستان کے بھوپٹ اور امریکہ کے ال کپون جن کی زمانے بھر نے عزت کی ہے۔ عرشۂ تاریخ پر بہت لیٹ آئے تھے۔

نوجوان ہونے کی وجہ سے مجھ میں بلا کا جوش تھا، فادر، جو کسی صبر کے ساتھ مصالحت نہیں کرتا۔ میں تو راتوں رات کسبِ کمال کرنا اور اپنا گھوڑا وہاں اوپر کہکشاں پر دوڑانا چاہتا تھا لیکن میرے پاس باگ کے پیسے تھے اور نہ رکاب کے دام۔ غالباً اسی لیے میں نے اُسے یویہ ہی چلنے دیا۔ میں نے چھوٹتے ہی چوری نہیں کی، باپ روز اریو! میں جانتا تھا کہ قید ہو جانا بُرا سا لگتا ہے۔ پروفیسر صاحب سے کہیں پہلے ماں باپ مجھے لمبے چوڑے لیکچر دے چکے تھے اور پیٹ بھی چکے تھے۔ لیکن پروفیسر زیادہ پڑھا لکھا آدمی تھا۔ اس لیے اس کی بات دل کو لگتی تھی۔ چنانچہ دنیا کے ہر چور کی طرح، سرسری طور پر اپنے ضمیر کی تسلی کے لیے میں نے پہلے شرافت کے سب گُر استعمال کیے۔ میری آواز اچھی تھی۔ اس لیے میں سنگیت سیکھنے کی غرض سے راوی روڈ، لاہور کے گاندھرو مہاودیالیہ کی سب سے آخری بٹالین میں بھرتی ہو گیا لیکن میرا جذبہ تھا کہ سات

سُروں کی قید میں نہ آتا تھا اور آٹھویں کی اجازت نہ تھی۔ میرا گانا نوٹیشن میں آکر گانہ، گانہ پڑھا جاتا تھا۔ میں نے ایک دو تمغے مارے لیکن استاد بوٹے خاں مجھی ہٹہ والے اور امرت سر کے چوُتھ رام کی مجلسوں میں جاتے ہی پتہ چل گیا کہ میرے سامنے تو برسوں کی ریاض کی دیوار کھڑی ہے اور آسمان سے باتیں کر رہی ہے مجھے آہستہ آہستہ اور نوکِ زبان سے اسے ہموار کرنا ہوگا۔ چنانچہ میں یوں الگ ہوگیا جیسا کہ کیلے کے چھلکے پر سے پھسلا ہوا آدمی فوراً اُٹھ کر تھوڑا اِدھر اُدھر دیکھتا ہے اور پھر اپنی پگڑی سنبھالتا، منہ میں کچھ منمناتا ہوا، اس منظر سے ٹل جانے کی کوشش کرتا ہے۔ یہ اینٹی امپیریلسٹ "جنگ" کا زمانہ تھا جس میں ہمارے لیڈر ہمیں سوت کے گولوں سے لڑنے کا مشورہ دیتے تھے اور کہتے تھے کہ مار کھا کھا کر انگریز کو سور بنا دو۔ مار ہی کھانا ہوتی فادر، تو میں شروع ہی سے پروفیسر کی بات پر عمل کیوں نہ کرتا؟ جب بم پٹاخہ قسم کے لیڈر کی نوکری خالی تھی کچھ لڑکوں کے ساتھ مل کر میں نے ایک کھنڈر میں بم بنانے کی کوشش کی۔ انگریز گورنر مونٹ مورنسی تو جوں کا توں سلامت رہا لیکن میرے ایک ساتھی کا ہاتھ اُڑ گیا۔ وہ میرا ہاتھ بھی ہو سکتا تھا باپ روزاریو، جس سے بعد میں میں نے کہانیاں لکھیں اور اب اسے آپ کے ہاتھ پر رکھے ہوئے اِن گناہوں کا اعتراف کر رہا ہوں۔

چوری کی بات میں لٹکا نہیں رہا، باپ روزاریو، میں کہانی لکھنے والا ہوں اس لیے اسے عین موقع پر، فنی انداز میں کہوں گا۔ یعنی اُس وقت جب کہ آپ کا تجسّس پانی نہ مانگے۔ میں نے اور بھی بہت سے پاپڑ بیلے۔ پاپڑوں میں دال کے ساتھ کالی مرچ بھی پڑتی ہے... لیکن مجھے

اب تک صرف آٹے دال ہی کا بھاؤ معلوم ہوا تھا۔ میں نے فنِ مصوّری میں نکل جانے کی کوشش کی اور میں واقعی نکل بھی گیا۔ ہوا یہ کہ لینڈ اسکیپ بنانے کی بجائے میں انسانی پیکر پر ہاتھ صاف کرنے لگا اور غلطی سے وہ بھی عورت کے پیکر پر۔ اسے بنانے میں میں خود ہی اس پر عاشق ہو گیا اتنے مہنگے آرٹ پیپر کو ایک طرف چھوڑ کر میں زندگی میں اُسے ڈھونڈنے کے لیے چل نکلا۔ جس کاغذ پر میں نے اسے بنایا تھا وہ تو اب تک گلایا، کوٹا اور پھر سے کاغذ بنایا جا چکا ہے۔ لیکن میں اب تک اُسے ڈھونڈ رہا ہوں۔ میں نے بدن پر کے اُس خط کی تحقیق شروع کر دی جو عورت کو مرد سے ممیز کرتا ہے۔ اور اس کے دماغ میں بے پناہ فتور پیدا کر دیتا ہے۔ دیکھیے نا ایک معمولی خم سے کیا سے کیا ہو جاتا ہے، پھر عورت کے بدن میں کمر سے نیچے رانوں کی طرف جو خط جاتا ہے۔ وہاں ایک ہلکا سا بے بضاعت گڑھا پڑ جاتا ہے، جسے انسانی جسم کے تشریحی علم والے صرف رگوں اور پٹھوں کا اُتار چڑھاؤ سمجھتے ہیں۔ نامعلوم کیسے گویا نے اپنی مشہور پینٹنگ "ماجاوی نیودا" میں اسے نظر انداز کر دیا؟ حالانکہ میں اس کے بارے میں کیا کچھ لکھ سکتا ہوں۔ دراصل اس قسم کی باتیں ہر ایک کے بس کی بات نہیں۔ ایمرسن نے لکھا ہے کہ وہ سامنے کا کھیت جس کے پیچھے سورج غروب ہوتا ہے، مسٹر لاک کا ہے لیکن نہیں وہ دراصل شاعر کی ملکیت ہے....

میں شاعر ہو گیا۔ انگریزی کے ہیروئیک میٹر میں نظمیں لکھیں، جو چھپیں بھی۔ لیکن چھپنے سے کیا ہوتا ہے؟ ہمارے کئی شاعر دوستوں کی نظمیں چھپتی رہتی ہیں، چاہے ان کا ایک بھی مصرع آپ یاد نہ رکھ سکیں۔ ایک نابالغ ذہن کا مالک تبتع، محض تتبع، بس بعض وقت اچھی چیزیں لکھ مرتا ہے۔

انگریزی ادب کے گرتے نے طفلی میں بڑا عمدہ نوحہ نہیں لکھا؟ پھر میں نے انگریزی میں لکھنا چھوڑ دیا۔ ہاں، ہندوستان میں رہنا اور ہندوستانیوں سے بیر اچھا نہ معلوم ہوا، جب اُردو کا رواج تھا اور اُردو میں لکھنے والے اپنے آپ کو شاہی خاندان کا فرد سمجھتے تھے جیسے اب ہندی والے سمجھتے ہیں اور ساتھ ہی اُردو اور ہندی کو ایک ہی زبان کے دو روپ کہتے چلے جاتے ہیں۔ چنانچہ میں نے اردو میں شعر کہنے کی کوشش کی اور اس کے علم عروض — معقولن نامعقولن سے ٹکرا گیا۔ تھوڑی دیر میں ہم دونوں بے ہوش پڑے تھے یعنی کہ میں اور شعر — کہیں راستہ نہ پا کر میں چھوٹا سا "سینٹ جینے" ہو گیا۔

سینٹ جینے کو آپ نہیں جانتے، باپ روزاریو! وہ آپ کی طرح کا سینٹ نہیں۔ وہ چور، گرہ کٹ، فاسق و فاجر ہے۔ عورتیں تو ایک طرف اس نے لونڈوں میں بھی دل چسپی لی ہے جو کہ میں نے نہیں لی۔ اس کے باوجود سارتر نے مقدس باپ پوپ کے فرائض خود پہ لے کر اسے معبود Deify کر دیا۔ ہر جگہ روک، ہر راستے کو سنگلاخ پا کر میرے بے پناہ جذبوں نے نکاس کے اور بھی بہت سے راستے ڈھونڈ لیے، جن کا تعلق کسی بھی تعمیری چیز سے نہ تھا۔ میں نے اندھیروں کی پناہ لی۔ اندھیرے کی بابت آپ نہیں جانتے فادر۔ پہلے خیرہ کر دینے والی روشنیوں کے بعد ایک لق و دق اندھیرا آتا ہے اور پھر ایک نرم سی، مسلسل اور مقدس روشنی جس کا شروع ہے نہ آخر، اور جس کے پرتو سے پوری کائنات جیتی اور سانس لیتی ہے لیکن اندھیرا؟ اندھیرے کے جادو کا میں آپ کو کیا بتاؤں، باپ روزاریو، کیوں کہ وہ آپ کے تنگ و تاریک حجرہ دل

میں نہیں ہوتا۔ تاریکی کے باوجود وہاں تجلّی رہتی ہے لیکن اپنی تاریکی خالص تاریکی ہے۔ آپ کے ہاں کا اندھیرا اجالے سے متبادل (Mutate) ہوتا رہتا ہے۔ لیکن اپنے ہاں، اندھیرے کی کوئی جگہ لیتا ہے تو اندھیرا۔ جیسے ایک صفر کو لاکھوں صفروں سے ضرب دیجیے تو نتیجہ صفر ہی رہتا ہے۔ اس اتھاہ اندھیرے میں عقل نہیں وجدان کام آتا ہے۔ اس میں کروڑوں اربوں دل ایک ساتھ دھڑکتے ہیں۔ جذبات اور ارمانوں کے چھوٹے چھوٹے پتنگے اور بڑے بڑے شپرے اُڑتے ہیں۔ وہ آنکھوں سے نہیں، اپنی پرواز سے پیدا ہونے والی تھرتھراہٹ کی مدد سے اپنے سامنے روک پاکر لوٹ آتے ہیں۔ لیکن ان کی پرواز کسی طرح سے کم نہیں ہوتی۔ ان کی بصیرت کے ہاتھ پر لاکھوں آنکھیں اُمڈ آتی ہیں، جن سے وہ راستہ ٹٹولتے اور پاتے ہیں۔ جس دن اندھیرے کی تلاش میں نکلا اس دن ہمارے ایک بڑے روحانی پیشوا کا جنم دن تھا جس کی پوری امت ایک طرف خوشیاں منا رہی تھی اور دوسری طرف مصروفِ عبادت تھی۔ جب ایک طرف میرے پورے بدن پر ڈر سے لرزہ چھا رہا تھا تو دوسری طرف ایک بڑی خوش آیند سنسناہٹ رگ رگ میں سما رہی تھی۔ چونکہ گناہ ثواب کا مقابل ہے، قادر، اس لیے انسانی جسم و ذہن گناہ سے اتنا ہی لطف اٹھاتے ہیں جتنی کہ ثواب کی بے حرمتی ہو۔ آہ، مگر کتنی دیر کوئی اندھیرے میں رہ سکتا ہے؟ کتنی دیر اُجالے میں رہ سکتا ہے؟

کسی حکیم نے کہا ہے کہ وہ شخص جو اپنی منزل کو نہ پا سکے، اس آدمی سے زیادہ بے حیائی کی زندگی گزارتا ہے جس کی کوئی منزل ہی نہ ہو۔ سچ مچ، ایک تخلیقی ذہن کا مالک جب تخلیق نہیں کر پاتا تو وہ ایک عام آدمی

سے بھی زیادہ گھٹیا ہو جاتا ہے۔ وہ کچھ اس انداز میں گرتا اور گرتا چلا جاتا ہے کہ اس کا ابھرنا ناممکن ہو جاتا ہے تاوقتیکہ کہیں کوئی نغمہ نہ سنائی دے جائے۔ پھر وہ معصیت کی گود میں جانے کی بجائے اس کے پیروں پہ لوٹتا ہے، جس سے معصیت بھی موکش پا لیتی ہے.... یہ سب کچھ سلیقے سے ایک شعر نہ لکھ سکنے کی بدولت ہوا' فادر روزاریو۔ میں نے اتنے گناہ کیے کہ میں انھیں گن بھی نہیں سکتا۔ اس کے بعد میرے ضمیر نے مجھے شرمندہ کرنا شروع کر دیا۔ ضمیر اپنا غرور رکھتا تھا اور بدن اپنا۔ ضمیر ایک حسین عورت کی طرح سے خود اعتماد ہوتا ہے اور اپنے آپ میں ذرا بھی تو کوئی دوسری خوبی پیدا کرنے کی کوشش نہیں کرتا۔ وہ اپنی ہی شرط پر محبت کا قائل ہوتا ہے جو کہ اکثر مان لی جاتی ہے بلکہ ماننا ہی پڑتی ہے۔ اس سلسلے میں مجھے وہ خوبصورت عورت یاد آتی ہے' جس نے اپنے زعمِ حسن میں ایک فلم ڈائرکٹر کو، جس نے بے شمار شادیاں کی تھیں' شرمندہ کرنے کی کوشش کی اور کہا— "یاد ہے' میاں ایک بار تم نے مجھ سے شادی کی فرمائش کی تھی؟" ڈائرکٹر نے اسے اس سے آگے نہ بڑھنے دیا اور وہیں ٹوک کر کہا— "تب؟.... میں نے کی تھی؟"

جس رات میں نے چوری کی' اس رات ہر چیز چوری ہو جانے کے لیے اُڈی ہوئی تھی۔ شام کے وقت عام طور پر سورج آہستہ آہستہ غروب ہوتا ہے۔ اس کے غروب ہو جانے کے عرصے بعد تک بھی ایک روشنی سی رہتی ہے۔ جو دھیرے دھیرے اندھیرے کو جگہ دیتی ہے لیکن اس دن عجیب ہی بات ہوئی۔ ایک لمحے نے زمان و مکان کی قید کو توڑ دیا۔ اور اکائی بن کر میرے سامنے ساکت ہو گیا۔ اس سے فوراً پہلے آسمان پر

جون کی دوپہر کا سورج تھا اور فوراً بعد دسمبر کی اماوس۔ یہ کہ کوئی ہزار واٹ کے ہنڈے کو آنِ واحد میں گُل کر دے۔ قدرت میں بھی ہوتا ہے جب لاکھوں سر پٹخنے پر بھی مجھ سے ایک مصرعہ موزوں نہ ہوا تو میں نے ایک پُرانا رسالہ اُٹھا کر، اس میں سے احتیاطاً ایک گمنام شاعر کی غزل چُرائی اور اپنے نام سے چھپنے کے لیے اخبار میں بھیج دی۔ اخبار والے تو آپ جانتے ہی ہیں، ہر اچھی چیز کو چھاپنے کے لیے تیار ہو جاتے ہیں، بشرطیکہ اس کے لیے کوئی پیسہ نہ مانگے۔ ہاں، کیونکہ اڈیٹر اور اس کا پورا خاندان بھی ہر ہفتے اخبار کو اپنی طبع زاد چیزوں سے نہیں بھر سکتے غزل چھپ کر آئی۔ اس پر میرا نام تھا جو چھپا تھا۔ میں اسے دن میں بچیس تیس بار پڑھتا تھا اور بازار کی طرف نکل جاتا تھا تا کہ لوگ میری طرف دیکھیں۔ جب تک کہیں اندر مجھے یقین ہو چکا تھا کہ وہ غزل میری اپنی ہے، لیکن .....

ہمارے گھر میں ایک شاعر مہمان رہتے تھے۔ انھوں نے پہلے میری طرف دیکھا اور پھر میری غزل کی طرف۔ اور کچھ یوں داد دی کہ اسی پرچے میں 'دزدِ سخن' کے عنوان سے میرے خلاف ایک دو کالمہ مضمون چھپا جس میں چوری کا ماخذ بھی درج تھا۔ اب میں بازار بھی نہ جا سکتا تھا۔

چوری کی بھی ایک منطق ہوتی ہے، باپ رو زاریو! چوری .... خیر ہٹائیے۔ میں دنیا بھر کی گھٹیا باتوں کے جواز میں فلسفے پیدا کر کے آپ کو بور نہ کروں گا۔ ہاں، یہ تو ہر لکھنے والے کے دائیں ہاتھ کا کام ہے یا شاید بائیں کا — کیونکہ بہت کم ایسے کام ہیں جن کے لیے دونوں ہاتھ استعمال کرنے پڑیں۔ بہرحال، ایک بات طے ہے کہ ایک چوری

دوسری چوری ضرور کرواتی ہے۔ جیسے ایک بدن کو چھپانے کے لیے دوسرا بدن ڈھونڈنا پڑتا ہے۔ لیکن میری وہ دوسری چوری، پہلی چوری سے بہت مختلف تھی۔ میرے دماغ کی انوکھی منطق نے مجھے اس نتیجے پر پہنچا دیا کہ اگر میں شعر نہیں لکھ سکتا تو میرا مہمان شاعر بھی نہیں لکھ سکتا، کیونکہ اس کی شکل میری شکل سے بھی زیادہ دافعِ شعر تھی۔ وہ پلاٹیرد تھا۔ ایسا پلاٹیرد جو معصوم بھی نہ لگ سکے۔ وہ اس اُلّو کی طرح تھا، فادر، جو کاٹھ کا بھی نہیں بلکہ اصلی ہو اور جسے آپ عبادت کے لیے جاتے ہوئے آناً فاناً کہیں ببول پر بیٹھا ہوا دیکھ لیں اور جس سے آپ ڈر جائیں اور وہ بھی مجھے کیسے پتہ چلا کہ وہ بھی شعر چوری کرتے ہوں گے؟ بڑے آسان طریقے سے۔ جب وہ اپنا شیو بناتے تھے تو ٹھوڑی پر ہمیشہ کہیں نہ کہیں بالوں کا ایک ٹھنٹھ رہ جاتا تھا۔

دزدِ سخن والی رات میں اور میرے چھوٹے بھائی نے ان کا سوٹ کیس کھولا اور اس میں سے صرف ان کی چوری کے ماخوذات نکالے، حالانکہ اس میں پیسے بھی پڑے ہوئے تھے۔ ہندو سبھا کالج، امرت سر سے ایک رسالہ نکلتا تھا، جس کا نام 'شوالہ' تھا۔ آپ تو جانتے ہی ہیں کہ چوریاں یاریاں سب شوالوں ہی میں ہوتی ہیں۔

ان کی چوری پکڑ کر جیسے مجھے سکونِ قلب حاصل ہو گیا، جیسے میرے سب گناہ دُھل گئے۔ پہلی چوری اور بعد کی گرفتاری کا لرزہ ابھی تک بدن میں باقی تھا۔ چنانچہ میں نے فیصلہ کر لیا کہ بُرا لکھوں گا لیکن اپنا بُرا کسی کا بُرا لکھنے سے کیا فائدہ؟

دیکھا، باپ روزاریو؟ بعض وقت کتنی اچھی چیز کی ابتدا کتنی گندی

چیز سے ہوتی ہے۔ خود انسان ہی کو دیکھیے، کیسے غلاظت میں لپٹا چلا آتا ہے اور پھر کیا سے کیا بن جاتا ہے؟ سوائے کلیسا اور دوسرے مذاہب کی دیومالاؤں کے چند کرداروں کے، سب اسی طرح سے آئے اور کیا کچھ نہ بن گئے۔ ان کرداروں کی بھی محیرالعقول پیدائش کو عقل اور عقلِ محض کی لونڈی سائنس باور کرے یا نہ کرے لیکن میں تو کروں گا۔ بلکہ میں جو کہانیاں لکھتا ہوں اور جس نے اپنے پچھلے جنموں میں اپنے وجود سے بے شمار دیومالائیں لکھی ہیں۔ انسان کو ایسے ایسے طریقوں سے پیدا کروں گا کہ خود میری دیومالائیں دانتوں میں انگلی دبا کر میری طرف دیکھیں کیونکہ میرے نزدیک اس قسم کی عجیب الخلقت پیدائشوں میں بہت بڑا سچ ہے جسے میں جھوٹ سچ کہتا ہوں اور جس بات کو میں جھوٹ سمجھتا ہوں، فادر روزاریو' اسے میں سچ جھوٹ کہتا ہوں' وغیرہ وغیرہ۔ کیونکہ کوئی چیز ثابت وسالم نہیں اور نہ اکائی کی حیثیت رکھتی ہے، سوائے اس خدا یا سو سوا سو عناصر کے جو مرکب ہونے کے لیے تڑپتے رہتے ہیں۔ سونا ان میں سے ایک ہے، مگر اس کی حیثیت بھی اس وقت بنتی ہے جب وہ میری معشوقہ کے گلے کی زینت ہو۔ اگر اکائی ہی سب کچھ ہوتی باپ روزاریو، تو پرماتما جو پرشش ہے، مزے سے اکیلا رہتا۔ کیوں اس نے اپنے لیے پرکرتی پیدا کرلی؟ کیوں ہر چیز کو نامکمل رکھا اور مرکب ہو جانے پر مجبور کر دیا؟ کیا اس لیے کہ موت میں بکھر جانے کا فن سیکھے؟ واہ! کیا فن ہے؟ وہ ایستادنی عقلہ جونر کر دیا۔ اس کا کچھ حصہ مادہ کو بھی کیوں دے دیا؟ — میں بتاتا ہوں، کیوں؟ اس لیے کہ ہر چیز تکمیل کے لیے تڑپتی ہے اور اچھی کہانیاں پیدا ہوں،

شعر کہے جائیں، تصویریں بنیں اور تانیں اڑیں۔ اکائی کوئی چیز نہیں، فادر! وہ صرف حساب کے کام آتی ہے اور اس سے پرے ہو کر بے معنی اور بے مزہ ہو کر رہ جاتی ہے۔ ہمارے روزمرہ میں کوئی دھڑ سے کہہ ڈالتا ہے کہ ترلوچن کو پارو سے محبت ہو گئی۔ ٹھیک ہے، ہو گئی۔ مگر ترلوچن تین یا تیسری آنکھ رکھنے کے باوجود کیوں پارو پہ قبضہ کرنا، اس سے شادی رچانا چاہتا ہے؟ کیوں اس پہ جھپٹنے کی کوشش کرتا ہے؟ کیا اس لیے کہ وہ حسن کی تاب نہیں لا سکتا یا پارو خود ہی مقبوض و تاراج ہونا چاہتی ہے؟ چونکہ دونوں ہی باتیں صحیح ہیں۔ اس لیے میں جو ان کی محبت کو آنے والی نسلوں اور اپنی کہانیوں کی خاطر تسلیم کرتا ہوں نفرت محبت کہوں گا۔ جو ترکیب میں نے ڈی۔ ایچ لارنس سے لی ہے۔ اسی طرح کسی اوباش کی ایک دوشیزہ سے محبت کو محبت نفرت، ان کے رشتے کو انبساط و درد کا رشتہ .... ایسے ہی بلند و پست، اندھیرا اجالا وغیرہ......

بہرکیف میں اپنی اس چوری کو اسی صورت میں سراہوں گا، فادر، اگر آپ میری کہانیوں کو اچھا سمجھتے ہوں تو ورنہ منزل اور اس تک پہنچنے کے ذرائع وغیرہ کے فلسفے کو میں اچھی طرح سے جانتا ہوں۔ افسوس! آپ نے تو میری ایک بھی کہانی نہیں پڑھی۔ ایکا ایکی میری چار اچھی کہانیوں کے نام مت پوچھیے گا پلاٹیرو ـــ میرا مطلب ہے، فادر، کیونکہ ایکا ایکی پوچھ لینے سے تو میں اپنا نام بھی بھول جاتا ہوں۔ میں نے اچھی کہانیاں لکھی ہیں جن میں سے ایک تو بائبل کی سیمسن اور دلائیلہ سے ملتی جلتی ہے اچھا، میری کہانی نہیں پڑھی تو کرشن چندر کی "کنواری" پڑھی ہے؟ مجھے وہ بہت پسند ہے۔ واقعی جنسی جذبہ انسان میں نہیں مرتا، چاہے وہ کتنا

ہی بوڑھا اور بے کار کیوں نہ ہو جائے۔ جنسی جذبے کا براہِ راست خالق سے تعلق ہے۔ نادر، جو اڑا، پنگلا اور سشمن ناڑیوں کی مدد سے نیچے بدن میں آتا ہے تو بچے پیدا کرتا ہے اور آنکھوں کے پیچھے تیسری آنکھ کے قریب آجاتا ہے تو افسانے۔ میں نے بھی "کنواری" کی تبدیل کی ایک کہانی "لمبی لڑکی" کے نام سے لکھی ہے، جس میں لڑکی اس قدر لمبی ہے کہ اسے اپنے قد کا لڑکا نہیں ملتا۔ اسی کڑھن میں اس کی دادی مر بھی نہیں پاتی۔ حالانکہ سامنے اس کا اپنا لڑکا، لمبی لڑکی کا باپ دم توڑ دیتا ہے۔ آخر ناٹے قد کا ایک لڑکا اس لڑکی کو دیکھنے آتا ہے جسے اُٹھنے، چلنے، پھرنے کی ممانعت ہے کیونکہ ایسے میں اس کی لمبان کے کھُل جانے کا اندیشہ ہے۔ آخر شادی ہو جاتی ہے اور پھیروں میں لڑکی کو دوہری، تہری ہو کر چلنے کی ہدایت ہے۔ کیسی بے بسی ہے جس میں وہ لڑکی اس ہدایت پر عمل کرتی ہے مگر نہیں جانتی؟ شادی کے بعد دولہا دولہن دونوں دور آسام چلے جاتے ہیں اور جب مہینوں کوئی خط نہیں آتا تو بڑھیا کو یقین ہو جاتا ہے کہ اس کے میاں نے اسے نکال دیا ہوگا۔ سال کے بعد ایکا ایکی وہ وارد ہو جاتے ہیں مگر اس وقت بھی بڑھیا دھپ سے ہاتھ لڑکی کے سر پر مارتی ہے اور اسے نیچی ہو کر چلنے کے لیے کہتی ہے۔ اس کے دماغ میں یہ بات نہیں بیٹھتی کہ اب تک لڑکی اور لڑکے نے ایک دوسرے کو دیکھ پرکھ لیا ہوگا۔ یہ کیسا ڈر تھا جس کا شروع اور آخر تو تھا لیکن بیچ کی منزلیں غائب تھیں؟ جب بڑھیا کو پتہ چلتا ہے کہ لڑکی پیٹ سے ہے تو اسے یقین ہو جاتا ہے کہ اس کی پوتی بس گئی ہے۔ اب وہ تسلی سے مر سکتی ہے لیکن مرنے سے چند ہی لمحے پہلے اس کے بوڑھے

جُھریوں سے پٹے چہرے پہ مسکراہٹ چلی آتی ہے اور وہ لڑکی سے پوچھتی ہے۔ "ہائے ری منی! تیرا وہ تجھ سے پیار کیسے کرتا ہوگا؟"....پھر.... واتا ورن میں وایو تو پربل ہو اُٹھتا ہے اور بڑھیا کے سرہانے رکھی ہوئی گیتا کے پنّے ہوا میں اُڑنے لگتے ہیں اور اس جگہ پر آکر رک جاتے ہیں جہاں شبد ساپت لکھا ہوتا ہے.....

....میں اس کہانی میں آپٹیکل وژن کی بات نہیں کرتا جس میں لمبی سے لمبی لڑکی لیٹے میں چھوٹی ہو جاتی ہے بلکہ اس ترتیب اور ہم آہنگی کا قصیدہ کہتا ہوں جو انسانی دماغ ہر بے ہنگم چیز میں پیدا کرلیتا ہے۔ اس پر بھی کرشن چندر کی کہانی میری کہانی سے بہتر ہے۔ ہاں فادر! میں اپنے اس ہمعصر کی تعریف محض رقابت کے جذبے سے کر رہا ہوں۔ لیکن آپ سے رقابت رفاقت کہتا ہوں۔ وہ بھی ایسے ہی میرے ساتھ رفاقت رقابت کرتے آئے ہیں۔

حیف کہ آپ نے کرشن چندر کی کوئی کہانی پڑھی ہے، نہ عصمت کی اور نہ منٹو کی۔ آپ تو ناچ رنگ، سینما تماشے، قصے کہانیوں کو ایسی باتیں سمجھتے ہیں جو آپ کو ازلی حقیقت سے پرے لے جاتی ہیں۔ آپ کی نظروں میں وہ سب پاپ ہے جو ہندو فلسفیوں کے نزدیک "پرے اور آپ" کا مرکب ہے۔ یعنی کہ وہ چیز جو آپ کو اپنے "آپ" سے پرے لے جائے۔ میں آپ کو کیسے بتاؤں فادر، کہ میں نے ہمیشہ اس آپ سے پرے ہٹنا چاہا کیوں کہ میرے نزدیک یہی انسانی حصول کی معراج ہے۔ کیا آپ نے مصری رقاصہ حلیمہ کے لچکیلے بدن کو رقص کے عالمگیر اثبات میں ہاں ہاں کرتے دیکھا ہے؟ کم از کم روسی بیلے میں مارگٹ فونٹین

اور نیوریئیف ہی کو دیکھ لیتے تو پتہ چل جاتا کہ خالق کا اپنی تخلیق سے کیا رشتہ ہے؟ روسی بیلے ڈانسر تو کثرتِ تعلیم کی وجہ سے اس بات کو نہیں جانتے، لیکن آپ تو جانتے ہیں؟ سونجا ہنی کو برف پہ اسکیٹ کرتے دیکھنے میں تو کوئی گناہ نہیں؟ کیسے وہ برف پہ خط اور دائرے بناتی، زندگی اور ماورا کے چکر سمجھاتی ہے؟ کچھ نہیں تو اس برف ہی کو چوم لیتے جسے آپ پسند کرتے ہیں اور جو آپ کے جسم و ذہن کا حصہ ہو چکی ہے۔ آپ نے یہودی مینوہن کی وائیلن نہیں سنی تو کیا روی شنکر اور ولایت حسین کی ستار سنی ہے؟ وہ بھی تو روح ہی کی آوازیں ہیں۔ سبو لکشمی "میرا" کے بھجن بھی تو گاتی ہے جس سے آپ اپنے مطلب کی بات سمجھ سکتے ہیں اور میں اپنے مطلب کی۔ بالا سرسوتی بوڑھی ہوگئی ہے فادر، یا گورو کرپ جوان ہو گیا ہے؟ حسین، آر، پدمسی اور گائی ٹونڈے محل نہیں بنا سکے حالانکہ ہمارے مندر، مسجد، گرجے اور ملوں کی چمنیاں آسمان سے باتیں کرتی ہیں۔ باپ روزاریو! آپ شاید نہیں جانتے کہ ہمارے دیش کی ستی ساوتری بھی وہی بات کہتی ہے جو امریکہ کی ریٹا ہیورتھ۔ جب وہ اپنے میاں آرسن ویلز سے طلاق لیتی ہے۔ فرانسیسی ایکٹرس یاں مورو کی اداکاری دیکھی ہے اور اس کے بعد اس کا بیان پڑھا ہے جس میں وہ کہتی ہے کہ فن کے اوج کو چھو لینے کے لیے میرے نزدیک اس ڈائرکٹر کے ساتھ سونا ضروری ہے جس کے ساتھ میں کام کر رہی ہوں؟ شیک ناچ والے بھی آپ ہی کی طرح سے اس بدن کو جھٹک دینا چاہتے ہیں جو روح کا پیچھا ہی نہیں چھوڑتا۔ جرمنی کی نئی بیماری چومنے دو Let kiss کی راہ بھی روح کے مرکز کو جاتی

ہے لیکن بدن سے ہوکر۔ آپ اگر مانتے ہیں کہ حقیقت تک پہنچنے کے اور بھی بہت سے راستے ہیں تو پھر عیسائی کون ہے مسلمان کون اور ہندو کون؟ پھر میری کہانیوں سے استغنا کیسی؟ تنہا آپ ہی نہیں، باپ روزاریو! جو کہانی کو مہمل بات سمجھتے ہیں۔ اور بھی بہت سے باپ ہیں۔ جب میں نے اپنی پہلی کہانی لکھی تو میں اتنا ہی خوش تھا کہ اس دنیا کی تخلیق کے بعد خدا خوش ہوا ہوگا۔ کیا دنیا ئے ممکنات تھی جو میرے دماغ کے اندر دبی چراغ نے میرے سامنے کھول دی تھی۔ ماں باپ مر چکے تھے۔ گھر میں غریبی کا دور دورہ تھا۔ بڑوں میں سے فقط میرے بڈھے تاؤجی رہ گئے تھے جو کسی طرح سے ہمارے نان نفقے کے کفیل نہ ہوسکتے تھے کیونکہ ان سے اپنی چھوٹی سی زمینداری بھی نہ چلتی تھی۔ ایک دن میں نے ان سے کہا—— "آپ سب بھول جائیے، تاؤجی! مجھے کہانیاں لکھنی آگئی ہیں اور میں ان سے بہت پیسے کماؤں گا۔" میرے تاؤ آپ سے بھی زیادہ بھولے تھے فادر روزاریو! وہ "جیپ تپ، نیم سچ سنجم" کے بہت قائل تھے۔ ان کی آنکھوں میں آنسو چلے آئے اور انھوں نے مجھ سے پوچھا —— "کیا تم زندگی بھر جھوٹ ہی کی کمائی کھاؤ گے، جا من؟"

جب سے میں برابر جھوٹ بول رہا ہوں فادر، لیکن اسے جھوٹ سچ کہتا ہوں۔ یہ ترکیب میں نے اپنی آسائش اور سہولت کے لیے نہیں بنائی بلکہ میں اس کا قائل ہوں۔ آپ کے خدا کی زبان بھی خالص سچ نہیں ہے۔ وہ بھی کنایے میں بات کرتا ہے۔ اس نے کبھی سامنے آکر سچ کے طریقے سے نہیں کہا —— میں ہوں —— اس نے کسی قتل کے مقدمے میں گواہی نہیں دی۔ حالانکہ بعض حالات میں قتل صرف اسی

نے دیکھا ہوتا ہے۔ وہ تو کہتا ہے — تم ہو، اس لیے میں ہوں۔ گواہ ڈھونڈنے کے لیے دوڑو، بھاگو اور اگر کوئی نہ ملے تو پیدا کرلو۔ آدمی سخت پریشان ہوتا ہے اور سوچتا ہے کہ آج گواہ کو پیدا کرنا شروع کیا تو وہ کتنی دیر میں پلے گا اور پل کر جوان ہوگا؟ وہ کہتا ہے، میری مملکت میں انگلیوں کی لکیریں مسکت گواہی دیتی ہیں، اینٹ پتھر بھی بولتے ہیں۔ ان کا بیان نہ لے سکو تو ایسے ہی کان کھول کر پھرو۔ کیونکہ کہیں نہ کہیں قاتل کی آستین کا لہو پکار رہا ہوگا۔ اگر وکیلوں کی ریشہ دوانیوں کی وجہ سے قاتل بری ہوجائے تو بھی وہ کچھ نہیں کہتا۔ ضرور پچھلی زندگی میں مقتول نے قاتل کو قتل کیا ہوگا۔ اس لیے اس زندگی میں حساب بیباق ہوگیا۔ وہ ہمیں کبھی ایک خوبصورت ساخرگوش ہاتھ میں تھما دیتا ہے اور کبھی بدصورت ساخارپشت۔ یہ اس کی کہانیاں اور پہیلیاں ہیں جو ہماری سمجھ کو آزماتی ہیں اور اسے صیقل کرتی ہیں۔ پنجابی شاعر گلیریا کے مطابق اس نے گلاب کو بیسیوں زبانیں دی ہیں لیکن وہ چپ ہے۔ اگر بات کرتا ہے تو اشارے کی زبان میں۔ خدا کی اپنی زبان بھی تلمیح (Allusion) کی ہے اور وجود التباس (Illusion) کا وہ خود مایا کی معرفت باتیں کرتا ہے اور کبھی ٹھیٹ سچ نہیں بولتا۔ گلیلیو، منصور، سقراط، عیسٰی اور گاندھی اسی لیے مارے گئے کہ انھوں نے خالص سچ بولا اور جھوٹ سچ کی عظمت کو نظر انداز کرگئے۔ انھوں نے اپنے سامنے لوگوں کو اس سلسلے میں شہادت پاتے ہوئے دیکھا۔ مگر یہ بھول گئے کہ انسان سب کچھ برداشت کرسکتا ہے لیکن سامنے کا سچ نہیں۔

آپ کھرے کھرے سچ میں یقین رکھتے ہیں، باپ روزاریو! تو پیچھے میں

آپ کو کچھ سچی باتیں اپنی کہانیوں کے سلسلے میں بتاتا ہوں ۔ وہ بالکل سچی ہیں ۔ دیسی گھی کی طرح خالص اور گاڑھی۔

میں نے اپنی کہانی" ببل " میں اس بات کا اعتراف کیا تھا کہ مرد اور عورت کے بیچ خوش وقتی برحق ہے، لیکن انسانی معاشرے کا کوئی بین نقشہ سوائے اس بات کے نہیں بنتا کہ مرد اور عورت شادی کریں اور اس کے بعد بچوں کی ذمہ داری قبولیں۔ یہی ایک طریقہ ہے جس سے جنسی فعل میں تقدیس پیدا ہوسکتی ہے۔جیسے دنیا کے ننانوے فی صدی لوگ گندہ اور نجس سمجھتے ہیں اور اسے دردناک بلکہ شرمناک مجبوری گردانتے ہیں.... درباری لال ایک بیچے۔ ببل کو اس کی بھکارن ماں مصری سے کرائے پرلے کر سیتا کو ہوٹل میں لے جاتا ہے تو سب اسے خوش آمدید کہتے ہیں حالانکہ اس سے ایک ہی روز پہلے کسی دوسرے ہوٹل والے نے اسے لچا لفنگا کہہ کر بھگا دیا تھا ۔ ہاں جب وہ سیتا کے ساتھ ہمبستری کرنے لگتا ہے تو ببل رونے لگتا ہے۔ درباری اسے مارنے کے لیے دوڑتا ہے، لیکن نیم عریاں سیتا دوڑ کر بچے کو پکڑ لیتی ہے اور اسے اپنی چھاتی سے لگا لیتی ہے ۔ وہ درباری کو دنیا کا اسفل ترین آدمی سمجھتی ہے جس نے اس کام کے لیے ایک معصوم بچے کو استعمال کرنے سے بھی دریغ نہ کیا۔ وہ ایک طرف کھڑی ہے، بچے کے ساتھ، جو عورت ـــــ ماں کا غیر منفک حصہ ہے اور ایسی نظروں سے درباری کی طرف دیکھتی ہے کہ اس پر گھڑوں پانی پڑ جاتا ہے۔ وہ اسی منفعل حالت میں سیتا سے وعدہ کرتا ہے کہ وہ پہلے شادی کرے گا......جس بچے سے میں نے کہانی کا پلاٹ لیا ہے، باپ رے دا ریو! اس نے میرے

ہیرو نے وہسکی پی کر اور پانچ روپے والا پان کھا کر سیتا کی اس حد تک آبرو ریزی کی تھی کہ وہ نیم مردہ حالت میں ہسپتال لے جائی گئی اور جلّاب سے بچّے کے پیٹ میں سے افیون اور اس کا اثر دور کیا گیا....

اور سچ کہوں ؟ "ٹرمینس سے پرے" میں موہن جام وکٹوریہ ٹرمینس کے اسٹیشن پر اپنی بیوی کو پہاڑ پہ جانے کے لیے رخصت کرتا ہے۔ گاڑی چلتی ہے تو اسے معلوم ہوتا ہے کہ اس کی واقف کار اچلا نے اسی گاڑی میں اپنے شوہر کو دلّی کے لیے رخصت کیا ہے۔ موہن جام اچلا کو اپنی کار میں لفٹ دیتا ہے اور اس طریقے سے آگ اور نیسل کا گھٹیا سا کھیل شروع ہو جاتا ہے۔ کچھ ہی دنوں میں وہ ایک دوسرے کے بہت ہی قریب ہو جاتے ہیں۔ لیکن معاشرے کے تضادات ایک طرف گناہ کے محرک ہوتے ہیں تو دوسری طرف سدِّ باب بھی۔ اچلا موہن جام کو زیادہ آگے بڑھنے سے روک دیتی ہے اور کہتی ہے "کیا مرد اور عورت کے درمیان اور کوئی رشتہ نہیں بنتا؟ کیا وہ بہن بھائی نہیں ہو سکتے؟"...... موہن جام برافروختہ ہو کر اسے بہن کہہ دیتا ہے، لیکن ــــ

اُدھر موہن جام کی بیوی سومترا لوٹ آتی ہے اور ادھر اچلا کا شوہر رام گدکری۔ رکشا بندھن کے دن موہن جام تین ساڑھے تین سو کی ساڑھی اور سو روپیہ نقد اچلا کی نذر کرتا ہے۔ حالانکہ اس شہر میں اپنی سگی بہن کو اس نے صرف دس روپے دیے تھے۔ اچلا اس دن صبح ہی سے سجتی بنتی رہی تھی اور اس نے جو رکشا موہن جام کے لیے بنائی تھی، اس میں کلابتوں کے علاوہ سچّے موتی ٹانکے تھے۔ موہن جام رکشا

بند ھوا کر، ایک سرد آہ بھرتے ہوئے چلا جاتا ہے۔ جبھی اچلا کے اعضا جواب دے جاتے ہیں اور وہ اپنے میاں رام گدگری سے لپٹ جاتی ہے اور اسے کہتی ہے۔ "مجھ سے پیار کرو، اور، اور......" حقیقت یہ ہے کہ موہن جام اور اچلا نے باہمی سازش سے علی الترتیب اپنی بیوی اور اپنے میاں کو بھجوادیا تھا۔ اب اچلا کے ہاں ایک بچہ ہے جسے اچلا کا شوہر رام گدگری اپنا سمجھتا ہے اور اس سے کھیلتے ہوئے کہتا ہے: "میرا چنو، میرا منو......"

یہ نہیں کہ دنیا میں ہر جگہ غلاظت ہی غلاظت اور بدکاری ہی بدکاری ہے۔ نیکی کا سچ یہ ہے کہ میرے افسانے "اپنے دکھ مجھے دے دو" کی اندو اپنی حقیقی زندگی میں اتنی "بلند کردار" بن چکی ہے کہ اسے اپنے سوا اور کوئی آدمی اچھا ہی نظر نہیں آتا۔ سب گندے اور غلاظت سے پٹے ہوئے دکھائی دیتے ہیں۔ اس کے لڑکے، اس کی لڑکیاں، حتّٰی کہ اس کا شوہر بھی اس کے پاس نہیں پھٹکتے۔ سب اپنی پہلی فرصت میں اس سے کہیں دور بھاگ جانا چاہتے ہیں۔ وہ اکیلی بیٹھی پوجا پاٹھ کیا کرتی ہے اور کبھی کبھی آنے جانے والوں کو اس کی دہشت ناک ہنسی سنائی دیتی ہے۔

سچ سننے کی تاب کس میں ہے، بابِ روزاریو؟ نہیں میں سچ نہ بولوں گا یا ایسا سچ بولوں گا جو آپ کے سچ سے ارفع ہو۔ یعنی اس میں جھوٹ کی حسین سی آمیزش ہو۔ ایسا نہ کروں گا تو معاشرے میں طوائف الملوکی پھیل جائے گی۔ لوگ مجھے مار دیں گے اور میں مرنا نہیں چاہتا۔ مجھے زندگی سے بڑی کمینہ سی محبت ہے۔ میں شہادت کو پسند

کرتا ہوں بشرطیکہ وہ کسی دوسرے کی ہو۔ میں اپنی پیٹھ پر صلیب اٹھاتا ہوں۔ لیکن اس امید میں کہ ایک دن اسے جھٹک دوں گا۔ پہلے میں بہت بے ضرر قسم کی کہانیاں لکھا کرتا تھا۔ فادر، جن کا تعلق سطح محض سطح سے تھا۔ اب جب کہ میں نے انسان کے تحت الشعور میں جانے کی کوشش کی ہے تو پہلے ہی نقادوں نے کہنا شروع کر دیا ہے کہ تم جنس پہ لکھنے لگے ہو۔ میں جنس پہ لکھتا بھی ہوں، باپ روزاریو! تو ایک ذمے داری کے احساس کے ساتھ۔ ایسے ہی ارتعاش پیدا کرنے یا مرتعش ہونے کے لیے نہیں۔ یوں مجھے اپنے گناہ جو پوری طرح سے گناہ نہیں بن پاتے، بے حد عزیز ہیں۔ دراصل میں آپ کے پاس اتنا اعتراف گناہ کے لیے نہیں آیا جتنا یہ بات کہنے کے لیے آیا ہوں کہ میں اور گناہ کروں گا تاکہ آپ کی نوکری بنی رہے۔ میں مجبور ہوں، باپ روزاریو! جب گناہ کی گھڑی آتی ہے تو میرے جسم و ذہن بلکہ کام و دہن اسی طرح سے کانپنے لگتے ہیں، جیسے آپ حسنِ ازل سے دوچار ہو کر۔ میں بھی اپنے میدانِ عمل میں ایک طرح کا پادری ہو گیا ہوں۔ قاتل خود مقدمے کی سماعت کے لیے میرے پاس آتے ہیں۔ میرے لکھنے کے کمرے میں جو ڈیڈ پلانٹ ہے، اس نے روٹھ کر مجھ سے کہا — "دو دن ہو گئے، تم نے مجھے پانی ہی نہیں ڈالا۔" میں کیا جواب دیتا۔ میں نے شرارت سے کہا۔ کے روز ہو گئے تم نے مجھے گھاس ہی نہیں ڈالی۔ وہ ہنس پڑا اور میں بھی رو پڑا۔ اس کے بعد میں نے اس کے پتوں کو چوما۔ ہاتھ سے اپنے بدن کی حرارت دی جو کثرتِ گناہ سے ہمیشہ جلتے رہتے ہیں۔ اس نے مجھے اپنے بدن کی ہری ٹھنڈک دی۔ میرے گھر کے سامنے ایک ڈسٹ بن ہے جہاں محلّے کے لوگ کوڑا کرکٹ پھینکتے

ہیں۔ اس میں ڈبل روٹی کا ایک سلائس پڑا تھا۔ میں کہیں اُدھر سے گزر رہا تھا کہ کوڑے کے ڈھیر میں سے سر اُٹھا کر اُس نے مجھ سے کہا۔ "دیکھو، دیکھو جاہن مجھے کہاں پھینک گئے ہیں؟ یہ میری جگہ نہیں ہے۔ جب کہ اسی سڑک کے موڑ پر، پان والے کی دکان کے پاس اکئی بھوکے گھوم رہے ہیں۔ ابھی ابھی میرے پروڈیوسر نے کہا ہے کہ پکچر آگے نہیں چلے گی کیوں کہ ہماری ہیروئن حاملہ ہوگئی ہے۔ اب ہم اور ہمارا پورا یونٹ اگلے چھ آٹھ مہینے تک بے کار رہیں گے اور ہیروئن کی صحت کے لیے دعائیں کرنے پر مجبور، یا ایک دوسرے کے ساتھ سر پھٹول کریں گے جو کہ ہر آدمی بیکاری میں کرتا ہے!"

سامنے ڈان باسکو اسکول کا گرجا دیکھ رہے ہیں نا؟ اس میں بجنے والے گھنٹے کی آواز بے حد خوب صورت ہے۔ میں مندر اور مسجد وغیرہ میں تو نہیں جاتا، لیکن گھنٹوں کی آواز اور اذان مجھے بہت پیاری لگتی ہیں۔ میں ان کی بازگشت کا پیچھا کرتا ہوا اتنی دور نکل جاتا ہوں کہ آپ اس کا اندازہ بھی نہیں کر سکتے۔ مجھے ایسا معلوم ہوتا ہے جیسے میں انہی کی طرح لطیف سے لطیف تر ہوتا جا رہا ہوں۔ روح کا تو وزن نہیں ہوتا، میرا بدن بھی بے وزن ہو جاتا ہے اور میں پوری کائنات پہ پھیل جاتا ہوں۔ جب میری شکل جاہن کی نہیں رہتی۔ میں وہ پرماتما بن جاتا ہوں جو "اروپ" اور "نراکار" ہے۔ مجھے خدا کی اس بے صفتی سے بے حد محبت ہے کیونکہ اس کی اسی صفت سے ہم جو کہانیاں لکھتے ہیں اور تصویریں بناتے ہیں اپنے لیے گنجائش پاتے ہیں — جیسے ہم بھی اپنے طریقے سے

چھوٹے چھوٹے خدا ہیں۔ جب میں اپنے دل کی خوب صورت گھلاوٹ میں گلیریا کی نظم پڑھتا ہوں۔

اے اروپ! میں بھی تو روپ ہین ہوں۔

تیرے روپ کی جیوتی، میرے آکار کی سیاہی کو روپ مان اور اُجاگر کر دیتی ہے۔

تیرے روپ کی جیوتی — میرا جیون آدھار ہے۔

اس کے بنا میرے وجود کا رنگ اور میرے آکار کے چتر مجھ ہی میں گم ہو جاتے ہیں ......

فادر روزاریو! میں اپنی اس آگہی سے کبھی خود ہی متوحش ہو اٹھتا ہوں۔ آپ اندازہ کیجیے۔ وہ آدمی کیسے زندہ رہ سکتا ہے جسے اپنی روح کے اندھیرے میں ایک ساتھ لاکھوں، کروڑوں آوازیں سُنائی دیں جو اس قدر لطیف ہو جائے کہ خود کو بھی ڈھونڈنے پر نہ پا سکے۔ جب آگہی آتی ہے تو آپ اپنی ذات میں ہزاروں معجزے ہوتے دیکھتے ہیں۔ دنیا کی ہر کثیف و لطیف چیز کا رشتہ سمجھ لیتے ہیں اور جب لکھنے بیٹھتے ہیں تو ایک بے بضاعت سی چیونٹی بھی استعارہ بردوش آپ کے سامنے چلی آتی ہے۔

کیا کہا، باپ روزاریو؟ آپ کلیسا چھوڑ رہے ہیں؟ نہیں فادر خدا کے لیے ایسا مت کہیے۔ میری طرح اکیلے جینا ہر کسی کے بس کا روگ نہیں ہے۔ آپ اور آپ کی قبیل کے اور لوگ جی ہی نہیں سکتے، جب تک وہ کسی مذہب، فرقے یا گروہ سے تعلق نہ رکھتے ہوں۔ میں نے جو بھی جھوٹ سچ بولا ہے۔ وہ ہر کسی کے کام کا نہیں۔ آپ نے کیسا

چھوڑ دیا تو آپ مر جائیں گے اور وہ بھی پاگل ہو کر۔۔۔

مجھے اجازت دیجیے فادر!۔۔۔۔۔ وہ آدمی جو ایک مرد اور عورت کے جھگڑے میں پڑ گیا تھا اور عورت کو الگ لے جانے کے بعد آج تک لوٹا ہی نہ تھا، اکیلا کہیں سے چلا آیا ہے۔ میں جا کر ذرا اس سے پوچھوں تو کہ آخر بات کیا ہوئی؟

کلیانی

اب اسے ان کالی، بھوری راہوں پہ چلنے سے کوئی ڈر نہ آتا تھا، جہاں بے شمار گڑھے تھے، جن میں کالا پانی، بمبئی کے اس صنعتی شہر کی میل ہمیشہ جمع رہتی تھی اور کبھی تہ پہ نہ بیٹھتی، بے شکل سے پتھر، اِدھر سے اُدھر جیسے شوقیہ پڑے تھے. بے کار آخری روڑا ہونے کے لیے — اور وہ — شروع کے دن جب ٹانگیں کانپتی تھیں اور ٹخنے بھی روکنے میں کامیاب ہو جاتے تھے. ایسا معلوم ہوتا تھا کہ گلی کے موڑ پہ دیسی صابن کے بڑے بڑے چاک بنانے والا اور اس کے پڑوس میں کا حجام دیکھ رہے ہیں، اور برابر ہنس رہے ہیں. کم سے کم رو بھی نہیں رہے ہیں. پھر باجو کا کوئیلے والا، جو آپ تو شاید اس چکلے میں کبھی نہ گیا تھا، اس پہ بھی اس کا منھ کالا تھا. . . .

بغل میں پہلے مالے پہ کلب تھی، جہاں چوری کی رم چلتی تھی اور یاری کی رمی. اس کی کھڑکیاں کسی یوگی آنکھوں کی طرح سے باہر کی بجائے اندر من کے چکلے میں کھلتی تھیں اور ان میں سگریٹوں کے دھوئیں کی

صورت میں آ ہی نکلتی تھیں۔ لوگ یوں تو جوئے میں سیکڑوں کے ہاتھ دیتے تھے، مگر سگریٹ ہمیشہ گھٹیا پیتے تھے ــــ بلکہ بیڑی، صرف بیڑی، جس کا جوئے کے ساتھ وہی تعلق ہوتا ہے جو پنسلین کا آتشک سے....

یہ کھڑکیاں اندر کی طرف کیوں کھلتی تھیں؟ نہ معلوم کیوں؟ مگر کوئی خاص فرق نہ پڑتا تھا کیونکہ اندر کے صحن میں آنے والے مرد کی صرف چھایا ہی نظر آتی، جس سے معاملہ پٹائی ہوئی لڑکی اسے اندر لے جاتی، بٹھاتی اور ایک بار ضرور باہر آتی۔ نل پر سے پانی کی بالٹی لینے، جو صحن کے عین بیچوں بیچ لگا ہوا تھا اور دونوں طرف کی کھولیوں کی طرح طرح کی ضرورتوں کے لیے کافی تھا۔ پانی کی بالٹی اٹھانے سے پہلے لڑکی ہمیشہ ہمیشہ اپنی دھوتی یا ساری کو کمر میں کستی اور گاہک لگ جانے کی اکڑ میں کوئی نہ کوئی بات اپنی ہم پیشہ بہن سے ضرور کہتی ــــ اے گرجا! جرا چاول دیکھ لینا، میرے کو گاہک لگا ہے.... پھر وہ اندر جاکر دروازہ بند کر لیتی۔ تبھی گرجا سندری سے کہتی ــــ کلیانی میں کیا ہے ری، آج اسے دوسرا کسٹمر لگا ہے؟ لیکن سندری کے بجائے جاڑی یا کھرسید، جواب دیتی ــــ اپنی اپنی قسمت ہے نا؟..... تبھی کلیانی والے کمرے سے زنجیر لگنے کی آواز آتی اور بس۔ سندری ایک نظر بند دروازے کی طرف دیکھتی اور اپنے سنے ہوئے بالوں کو چھانٹتی، تولیے سے پونچھتی ہوئی گنگنانے لگتی ــــ 'رات جاگی رے بلم، رات جاگی...' اور پھر ایکا ایکی گرجا سے مخاطب ہو اٹھتی ــــ اے گرجا! کلیانی کے چاول ابل رہے ہیں۔ دیکھتی نہیں کیسی گڑگڑ کی آواز آرہی ہے۔ اس کے برتن سے؟ اور پھر تینوں چاروں لڑکیاں مل کر ہنستیں اور ایک دوسری

کے کوٹھے میں پچّے دینے لگتیں ۔ تبھی گرجا بلبلا اُٹھتی اور کہتی — ائیا جور سے کیوں مارا، رنڈی ! جانتی ہے، ابھی تک دُکھ رہا ہے میرا پھول؟ کان کو ہاتھ لگایا، بابا ! میں تو کیا میری آل اولاد بھی کبھی کسی پنجابی کے ساتھ نہ بیٹھے گی ۔ پھر گرجا بغل کی کھولی میں کسی چھوکری کو آواز دیتی —

گنگی تیرا لوپٹ کیا بولتا — ؟

گنگی کی شکل تو نہ دکھائی دیتی، صرف آواز آتی — میرا لوپٹ بولتا' بھج من رام، بھج من رام.....

— مطلب گنگی کو یا تو سر میل ہے اور یا پھر کوئی کسٹمر نہیں لگا۔

مہی پت لال اب کے مہینوں کے بعد ادھر آیا ہے۔ بیچ میں منہ کا ذایقہ بدلنے کے لیے وہ یہاں سے کچھ ہی فرلانگ دور ایک نیپالی لڑکی جونی لا کے پاس چلا گیا تھا اور اس کے بعد چھیانوے نمبر کی ایک کرسچین چھوکری میں پھنس گیا، جس کا اصلی نام تو کچھ اور تھا لیکن وہاں کی دوسری لڑکیاں اور دلّال اسے اولگا کے نام سے پکارتے تھے ۔ ادھر کلیانی کو کچھ پتہ بھی نہ تھا، کیوں کہ اس دھندے میں تو دو چار مکانوں کا فاصلہ بھی سیکڑوں میل کا ہوتا ہے۔ لڑکیاں زیادہ سے زیادہ پکچر دیکھنے کو نکلتی تھیں اور پھر واپس.... جس منہ کا ذایقہ بدلنے کے لیے مہی پت دوسری لڑکیوں کے پاس چلا گیا تھا، اسی کے لیے اس اڈّے پر لوٹ آیا ۔ لیکن یہ بات طے تھی کہ اتنے مہینوں کے بعد وہ کلیانی کو بھول چکا تھا۔ حالانکہ 'ملک' جانے کے لیے اس نے کلیانی کو دو سو روپے بھی دیے تھے، تب شاید نشے کا عالم تھا، جیسا کہ اب تھا ۔ بیئر کا پورا پیگ پی جانے کے کارن

مہی پت لال کے دماغ میں کسی اور ہی عورت کی تصویر تھی۔ اور وہ بھی نامکمل۔ کیونکہ اسے مکمل تو مہی پت ہی کو کرنا تھا۔۔۔ ایک مصور کی طرح سے جو کہ مرد ہوتا ہے اور تصویر جو کہ عورت ہوتی ہے.....

اندر آتے ہی مہی پت نے صحن کے پہلے پیرا پٹ کو پھلانگا۔ تین چار سیڑھیاں نیچے اُترا۔۔۔ لوگ سمجھتے ہیں پاتال، نرک کہیں دور، دھرتی کے اندر ہیں۔ لیکن نہیں جانتے کہ وہ صرف دو تین سیڑھیاں نیچے ہیں۔ وہاں کوئی آگ جل رہی ہے اور نہ اُبلتے، کھولتے ہوئے کنڈ ہیں۔ ہو سکتا ہے سیڑھیاں اُترنے کے بعد پھر اسے کسی اوپر کے تھڑے پہ جانا پڑے، جہاں سامنے دوزخ ہے، جس میں ایسی ایسی اذیتیں دی جاتی ہیں کہ انسان اس کا تصور بھی نہیں کر سکتا۔

سیڑھیاں اترنے کے بعد، صحن میں پاؤں رکھنے کے بجائے مہی پت لال کھولیوں کے سامنے والے تھڑے پہ چلا گیا کیونکہ پکا ہونے کے باوجود صحن میں ایک گڑھا تھا، جس میں ہمیشہ ہمیشہ پانی جمع رہتا تھا۔ برس ڈیڑھ برس پہلے بھی یہ گڑھا ایسا تھا اور اب بھی ایسا ہی۔ لیکن گڑھے کے بارے میں اتنا ہی کافی ہے کہ اس کا پتہ ہو۔ اوپر صحن کے کھلے ہونے کی وجہ سے دسمی کا چاند گڑھے کے پانی میں جھلملا رہا تھا، جیسے اُسے میل، سرمیل کے ہونے سے کوئی فرق نہیں پڑتا۔ البتہ نل سے پانی کا چھینٹا اس پر پڑتا تو چاند کی چھبی کانپنے لگتی، پوری کی پوری.....

کچھ گاہک لوگ گرجا، سندری اور جاڑی کو یوں ٹھونک بجا کے دیکھ رہے تھے جیسے وہ کچے پکے گھڑے ہوں۔ ان میں سے کچھ اپنی جیبیں ٹٹول رہے تھے۔ مستری جاڑی کے ساتھ جانا چاہتا تھا کیونکہ

وہ گرجا، سندری، کھُرسبد سے زیادہ بدصورت تھی مگر تھی آٹھ اینٹ کی دیوار۔ حیرانی تو یہ تھی کہ لڑکیوں میں سے کسی کو حیرانی نہ ہو رہی تھی۔ وہ مرد اور اس کے پاگل پن کو اچھی طرح سے جانتی تھیں۔ مہی پت نے سندری کو دیکھا جو ویسے تو کالی تھی، مگر عام کونکنی عورتوں کی طرح تیکھے نقش نینوں والی۔ پھر کمر سے نیچے اس کا جسم 'باپ رے' ہو جاتا تھا تبھی مہی پت کے کرتے کو کھینچ پڑی۔ اس نے مڑ کر دیکھا تو سامنے کلیانی کھڑی تھی اور ہنستے ہوئے اپنے دانتوں کے موتی رول رہی تھی۔ مگر وہ دبلی ہو گئی تھی۔ کیوں؟ نہ معلوم کیوں؟ چہرہ یوں لگ رہا تھا جیسے دو آنکھوں کے لیے جگہ چھوڑ کر کسی نے ڈھولک پہ چمڑہ مڑھ دیا۔ چونکہ عورت اور تقدیر ایک ہی بات ہے، اس لیے مہی پت کلیانی کے ساتھ تیسری کھولی میں چلا گیا۔

کلب گھر کی کھڑکی میں سے کسی نے جھانکا اور ادھر کرباطا کی دی۔ کلیانی نے باہر آ کر نل پہ بالٹی بھری، دھوتی کو کمر میں کسا اور آواز دی— او گرجا، تھوڑا ہمارا گھڑی سنبھالنا اور پھر وہ پانی لے کر کھولی میں چلی گئی.....

پاس کی کھولی سے میڈم کی آواز آئی— ایک ٹیم کا، دو ٹیم کا؟

اندر کلیانی نے مہی پت کو آنکھ ماری اور میڈم والی کھولی کی طرف دیکھتی ہوئی بولی۔ ایک ٹیم۔ اور پھر اس نے پیسوں کے لیے مہی پت کے سامنے ہاتھ پھیلا دیا، جسے پکڑ کر مہی پت اسے اپنی طرف کھینچنے لگا۔ پھر اٹھ کر اس نے پان سے پٹی، لال مہر سی کلیانی کے ہونٹوں پہ لگا دی جسے دھوتی کے پلو سے پونچھتی ہوئی وہ ہنسی— اتنے بے صبر؟

اور پھر ہاتھ پھیلا کر کہنے لگی — تم ہم کو تیس روپے دے گا، پر ہم میڈم کو ایک ہی ٹیم کا بولے گا۔ تم بھی اس کو نہیں بولنے کا — آں؟

مہی پت نے ایسے ہی سر ہلا دیا — آں

بدستور ہاتھ پھیلائے ہوئے کلیانی بولی — جلدی نکال۔

پیسے؟ — مہی پت بولا۔

کلیانی نے اب کے رسم نہیں ادا کی، وہ سچ مچ ہنس دی۔ نہیں، وہ شرما گئی۔ ہاں، وہ دھندا کرتی تھی۔ اور شرماتی بھی تھی۔ کون کہتا ہے، وہاں عورت عورت نہیں رہتی؟ وہاں بھی حیا اس کا زیور ہوتا ہے اور حربہ — جس سے وہ مرتی ہے اور مارتی بھی۔ مہی پت نے تیس روپے نکال کر کلیانی کی ہتھیلی پر رکھ دیے۔ کلیانی نے ٹھیک سے گنا بھی نہیں۔ اس نے تو بس پیسوں کو چوما، سر اور آنکھوں سے لگایا، بھگوان کی تصویر کے سامنے ہاتھ جوڑے اور میڈم کو ایک ٹائم کے پیسے دینے اور اپنے حصے کے پانچ لے کر رکھنے، اندر کے دروازے کی طرف سے اور بھی اندر چلی گئی۔ مہی پت کو جلدی تھی۔ وہ بے صبری سے درگا ماتا کی تصویر کو دیکھ رہا تھا جو شیر پہ بیٹھی تھی اور جس کے پاؤں میں راکھشس مرا پڑا تھا۔ درگا کی درجنوں بھجائیں تھیں جن میں سے کسی میں تلوار تھی اور کسی میں برچھی اور کسی میں ڈھال۔ ایک ہاتھ میں کٹا ہوا سر تھا، بالوں سے تھاما ہوا... اور مہی پت کو معلوم ہو رہا تھا، جیسے وہ اس کا اپنا سر ہے۔ لیکن درگا کی چھاتیاں اس کے کولھے اور رانیں بنانے میں مصوّر نے بڑے جبر سے کام لیا تھا۔ دیواریں ٹوٹی ہوئی تھیں۔ وہ کوئی بات نہ تھی لیکن ان پہ لپکتی ہوئی سیل اور اس میں گڈمڈ کائی نے عجیب

بھیانک سی شکلیں بنا دی تھیں، جن سے طبیعت بیٹھ بیٹھ جاتی تھی۔ معلوم ہوتا تھا کہ وہ دیواریں نہیں، تبتی اسکول ہیں، جن پر نرک اور سورگ کے نقشے بنے ہیں۔ گنہگاروں کو اژدہے ڈس رہے ہیں اور شعلوں کی لپلپاتی ہوئی زبانیں انھیں چاٹ رہی ہیں۔ پورا سنسار کال کے بڑے بڑے دانتوں اور اس کے کھوہ ایسے منہ میں پڑا ہے۔

— وہ ضرور نرک میں جائے گا... مہی پت... جانے دو!

کلیانی لوٹی اور لوٹتے ہی اس نے اپنے کپڑے اتارنے شروع کر دیے۔

یہ کھیل مرد اور عورت کا — جس میں عورت کو اذیت نہ بھی ہو تو بھی اس کا ثبوت دینا پڑتا ہے اور اگر ہو تو مرد اسے نہیں مانتا۔

مہی پت پہلے تو ایسے ہی کلیانی کو نوچتا کاٹتا رہا۔ پھر وہ کود کر پلنگ سے نیچے اتر گیا۔ وہ کلیانی کو نہیں، کائنات کی عورت کو دیکھنا چاہتا تھا، کیونکہ کلیانیاں تو آتی ہیں اور چلی جاتی ہیں۔ مہی پت بھی آتے ہیں اور چلے جاتے ہیں، لیکن عورت وہیں رہتی ہے اور مرد بھی۔ کیوں؟ یہ سب کچھ سمجھ میں نہیں آتا۔ حالانکہ اس میں سمجھ کی کوئی بات ہی نہیں۔

ایک بات ہے۔ ست جگ، دواپر اور ترتیا جگوں میں تو پورا نیائے تھا۔ پھر بھی عورتیں محبت میں کیوں چوری کر جاتی تھیں؟ جب گنگا ویشیا کیوں تھیں؟ آج تو انیائے ہے — یگ یگ پہ انیائے۔ پھر

انھیں کیوں روکا جاتا ہے؟ کیوں ان پر قانون لگائے جاتے ہیں؟ جو روپیہ ٹکسال سے آتا ہے اُس کی قیمت آٹھ آنے رہ جاتی ہے۔ افلاس اور وافر پیسے کے میل جول کی جتنی ضرورت آج ہے، تاریخ میں کبھی ہوئی ہے؟۔۔۔۔ دبا لیں اسے تا کہ گھر کی لکشمی باہر نہ جائے مگر دولت، پیسہ تو BITCH ہے، GODDESS وہ کتیا بو پہ آئے گی تو جائے گی ہی۔۔۔۔

مہی پت کو الجھاوے کی ضرورت تھی، اسی لیے اُسے کائنات کی عورت کے پیچ وخم کھا گئے۔ اس نے ایک بیئر کے لیے کہا، لیکن اس سے پہلے کہ کلیانی کا کالا وجود اٹھ کر لڑکے کو آواز دے، وہ خود ہی بول اُٹھا — رہنے دو، اور اس نظارے کو دیکھنے لگا جو نشے سے بھی زیادہ تھا۔ پھر جانے کیا ہوا، مہی پت نے جھپٹ کر اتنے زور سے کلیانی کی ٹانگیں الگ کیں کہ وہ بلبلا اٹھی۔ اپنی بربریت سے گھبرا کر مہی پت نے خود ہی اپنی گرفت ڈھیلی کر دی۔ اب کلیانی پلنگ پر پڑی تھی اور مہی پت گھٹنوں کے بل نیچے فرش پہ بیٹھا ہوا تھا اور اپنے منہ میں زبان کی نوک بنا رہا تھا۔۔۔ کلیانی لیٹی ہوئی اوپر چھت کو دیکھ رہی تھی، جہاں پنکھا جالے میں لپٹا ہوا، ایک آہستہ رفتار سے چل رہا تھا۔ پھر ایکا ایکی کلیانی کو کچھ ہونے لگا۔ اس کے پورے بدن میں مہی پت اور اس کی زبان کے کارن ایک جھرجھری سی دوڑ گئی۔ اور وہ اس چیونٹے کی طرح سے تلملانے لگی، جس کے سامنے بے رحم بچے جلتی ہوئی ماچس رکھ دیتے ہیں۔۔۔۔

جبھی اپنے آپ سے گھبرا کر مہی پت اوپر چلا آیا۔ اس کے بدن میں بے حد تناؤ تھا، اور بجلیاں تھیں جنھیں وہ کیسے بھی جھٹک دینا چاہتا

تھا۔ اس کے ہاتھوں کی پکڑ اس قدر مضبوط تھی کہ جابر سے جابر آدمی اس سے نہ نکل سکتا تھا۔ اس نے ہانپتی ہوئی کلیانی کی طرف دیکھا۔ اسے یقین ہی نہ آ رہا تھا کہ ایک پیشہ ور عورت کی چھاتیوں کا وزن بھی ایکا ایکی بڑھ سکتا ہے اور ان پہ کے حلقے اور دانے پھیل کر اپنے مرکز، ابھرے ہوئے مرکز کو بھی معدوم کر سکتے ہیں۔ ان کے اردگرد اور کولھوں اور رانوں پر ستیلا کے داغ سے ابھر سکتے ہیں۔ اپنی وحشت میں وہ اس وقت کائنات کی عورت کو بھی بھول گیا۔ اور مرد کو بھی۔ اسے اس بات کا احساس بھی نہ رہا کہ وہ خود کہاں ہے اور کلیانی کہاں؟ وہ کہاں ختم ہوتا ہے اور کلیانی کہاں سے شروع ہوتی ہے؟ وہ اس قاتل کی طرح سے تھا جو چھت پر سے کسی کو ڈھکیل دیتا ہے۔ اسے یقین ہوتا ہے نا کہ اتنی بلندی سے گر کر وہ بیان دینے کے لیے بھی زندہ نہ رہے گا اور وہ اس پہ خودکشی کا الزام لگا کر خود بچ نکلے گا۔ ایک جست کے ساتھ اس نے اپنا پورے بدن کلیانی پہ پھینکنا شروع کر دیا۔

ایک دلدوز سی چیخ نکلی اور بلبلاہٹ سنائی دی۔ سیل اور کائی سے پٹی دیواروں پہ پنکھوں کے پر اپنی بڑی بڑی پرچھائیاں ڈال رہے تھے۔ جانے کس نے پنکھے کو تیز کر دیا تھا؟ مہی پت پسینے سے شرابور تھا اور شرمندہ بھی، کیونکہ کلیانی رو رہی تھی، کراہ رہی تھی۔ یا وہ ایک عام کسبی کی طرح سے گاہک کو لات مارنا نہ جانتی تھی اور یا پھر وہ اتنے اچھے گاہک کو کھو دینے کے لیے تیار نہ تھی۔

سرہانے میں منہ چھپائے، کلیانی الٹی لیٹی ہوئی تھی اور اس کے شانے پھڑکتے ہوئے دکھائی دے رہے تھے۔ تبھی مہی پت ایک لمحے کے لیے ٹھٹک

گیا۔ پھر آگے بڑھ کر اس نے کلیانی کے چہرے کو ہاتھوں میں لینے کی کوشش کی، مگر کلیانی نے اسے جھٹک دیا۔ وہ سچ مچ رو رہی تھی۔ اس کے چہرے کو تھامنے میں مہی پت کے اپنے ہاتھ بھی گیلے ہو گئے تھے۔ آنسو تو اپنے آپ نہیں نکل آتے۔ جب جبر اور بے بسی خون کی ہولی کھیلتے ہیں تبھی آنکھیں چھان پھٹک کر اس لہو کو صاف کرتی ہوئی چہرے پہ لے آتی ہیں۔ اگر اسے اپنے ہی رنگ میں لے آئیں تو دنیا میں مرد دکھائی دے نہ عورت۔

کلیانی نے پھر اپنا چہرہ چھڑا لیا۔

مہی پت پہلے صرف شرمندہ، پھر سچ مچ شرمندہ تھا۔ اس نے کلیانی سے معافی مانگی اور مانگتا ہی چلا گیا۔ کلیانی نے پلنگ کی چادر سے آنکھیں پونچھیں اور بے بسی سے مہی پت کی طرف دیکھا۔ پھر وہ اُٹھ کر دونوں بازو پھیلاتے ہوئے اس سے لپٹ گئی۔ اس کی چوڑی چکلی چھاتی پر اپنے گھنگھریالے بالوں والا کونکتی سر رکھ دیا۔ پھر اس کی گھگھی بندھ گئی، جس نکالنے میں مہی پت کو اور بھی تلذذ کا احساس ہوا —— اور کلیانی کو بھی۔ اس نے اپنے گھاتک ہی کی پناہ ڈھونڈ لی۔ مرد تو مرد ہوگا ہی، باپ بھی تو ہے، بھائی بھی تو ہے.... عورت عورت ہی سہی، مگر وہ بیٹی بھی تو ہے، بہن بھی تو ہے....

—— اور ماں...

مہی پت کی آنکھوں میں سچ مچ کے پچھتاوے کو دیکھتے ہی تصویر اُلٹ گئی۔ اب اس کا سر کلیانی کی چھاتی پر تھا اور وہ اسے پیار کر رہی تھی مہی پت چاہتا تھا کہ وہ اس عمل کو انجام پہ پہنچائے بغیر ہی وہاں سے چلا جائے لیکن کلیانی اس توہین کو برداشت نہ کر سکتی تھی۔

کلیانی نے پھر اپنے آپ کو اذیت ہونے دی۔ بیچ میں ایک دو بار وہ درد سے کراہی بھی اور پھر بولی... ہائے میرا پھول... بھگوان کے لیے.... میرے کو سوئی لگوانا پڑتا.... پھر آہستہ آہستہ، آہستہ آہستہ اُس نے دکھ اور سکھ سہتے ہوئے کائنات کے مرد کو ختم کر دیا اور اُسے بچہ بنا کر گود میں لے لیا۔ مہی پت کے ہر اُلٹے سانس کے ساتھ کلیانی بڑی نرمی، بڑی ملائمت اور بڑی ہی ممتا کے ساتھ اُس کا منہ چوم لیتی تھی، جس سے سگریٹ اور شراب کا تعفن لپک رہا تھا۔

دھونے دھلانے کے بعد مہی پت نے اپنا ہاتھ کپڑوں کی طرف بڑھایا، مگر کلیانی نے تھام لیا اور بولی — میرے کو بیس روپیہ جیاستی دو۔

بیس روپیہ؟!

ہاں — کلیانی نے کہا — ہم تمھارا گن گائے گا۔ ہم بھولا نہیں، اودن جب ہم 'ملک' گیا تھا، تو تم ہم کو دو سو روپیہ دو کڑا دیا — ہم کاردار کا بڑا مندر میں ایک ٹانگ سے کھڑا ہو کے تمھارے واسطے پرارتھنا کیا اور بولا — میرا مہی کا رکشا کرنا بھگوان — اس کو لمبا جندگی دینا، پیسہ دینا —

اور کلیانی امید بھری نظروں سے پہلی اور اگلی پرارتھنا کا اثر دیکھنے لگی۔

مہی پت کے نتھنے نفرت سے پھولنے لگے.... پیشہ ور عورت! پچھلی بار دو سو روپے لینے سے پہلے بھی ایسے ہی ٹسوے بہائے تھے اس نے — یوں روئی چلائی تھی جیسے میں کوئی انسان نہیں جانور ہوں، وحشی

ہوں .... مگر، اور بیس روپے ؟ پھر رونے کی کیا ضرورت تھی، آنسو بہانے کی ؟ ویسے ہی مانگ لیتی تو کیا میں انکار کر دیتا ؟ .... جانتی بھی ہے، میں پیسے سے انکار نہیں کرتا۔ دراصل انکار مجھے آتا ہی نہیں۔ اسی لیے تو بھگوان کا سو شکر کرتا ہوں کہ میں عورت پیدا نہیں ہوا، ورنہ — میں تو یہاں منہ مانگے دینے کا قائل ہوں، جس سے پھر گناہ کا احساس نہیں ہوتا۔ ایسے ہی آدمی کا تو انتظار کیا کرتی ہیں یہ — اور جب وہ آتا ہے تو اس سے جھوٹ بولنے، اس کے کپڑے اُتارنے سے بھی نہیں چوکتیں ...... کہتی ہیں، میں نے سوچا تھا تم منگل کو جرور آؤ گے .... منگل کو کیا ہے بھائی ؟ ...... منگل کو میں نے بھگوان سے پرارتھنا کی تھی ! .... یہ رونا ... شاید سچی رونی ہو — میں نے بھی تو ایک اندھے کی طرح سے کہیں بھی چلنے دیا اپنے آپ کو۔ آؤ دیکھا نہ تاؤ۔ تاؤ کتنا اچھا تھا ! .... مگر میں نے جو اذیت دی ہے اُسے، اس سے نجات پانے کا ایک ہی طریقہ ہے — دے دو روپے — مگر کیوں ؟ پہلے ہی میں نے اُسے دو ٹیم کے پیسے دیے اور ایک ہی ٹایم بیٹھا۔

مہی پت کے حیص بیص کو دیکھ کر کلیانی نے کہا — کیا سوچنے کو لگ گیا ؟ دے دو نا — میرا بچّہ تم کو دعا دے گا ....

تیرا بچّہ ؟ !

ہاں — تم نے نہیں دیکھا ؟

نہیں — کہاں، کس سے لیا ؟

کلیانی ہنس دی۔ پھر وہ لجا گئی۔ اس پہ بھی بولی — کیا مالم کس کا ؟ میرے کو سکل تھوڑا دھیان میں رہتا ؟ کیا کھبر تمھارا ہو —

مہی پت نے گھبرا کر کرتے کی جیب میں سے بیس روپے نکال کر کلیانی کے ہاتھ پر رکھ دیے جو ابھی تک برہنہ کھڑی تھی اور جس کی کمر اور کولھوں پہ پڑا ہوا چاندی کا پٹکا چمک رہا تھا۔ ایک ہلکا سا ہاتھ کلیانی کے پیچھے ہچکچاتے ہوئے مہی پت نے کچھ اور سوچ لیا۔ کلیانی نے ساری پکڑ کر لپیٹی ہی تھی کہ وہ بولا ــــ اگر ایک ٹائیم اور بیٹھ جاؤں تو؟ (پیسے دے دیے ہیں)

بیٹھو ــــ کلیانی نے بنا کسی جھجھک کے کہا اور اپنی ساری اتار کر پلنگ پر پھینک دی۔ چُلوں چُلوں کرتا ہوا اس کا گوشت سب مار بھول چکا تھا۔ عقل حیوانی سے بھی تجاوز کر چکا تھا.... لیکن مہی پت نے سر ہلا دیا ــــ اب دم نہیں رہا!

ہوں ــ کلیانی نے کہا ــــ بہت جن آتا میرے ادھر، پر تم سا کڑک ہم نہیں دیکھا ابھی ــــ تم جاتا تو بہت دن یہ (ناف) ٹھکانے پہ نہیں آتا۔

..... چاند گرڈھے پر سے سرک گیا تھا۔ کوئی بالکل ہی لیٹ جائے تو اسے دیکھ پائے تبھی کلیانی مہی پت کا ہاتھ پکڑ کر اس کمرے میں لے آئی، جہاں گرجا، سندری، جاڑی وغیرہ تھیں۔ جاڑسی مستری اور اس کے بعد ایک بوہرے کو بھی بھگت چکی تھی۔ ایک سردار سے جھگڑا کر چکی تھی۔ جب مہی پت آیا تو اس نے گھر سید کے کہنی ماری اور بولی ــــ آیا، کلیانی کا مرد!..... اس لیے کہ پہلے جب مہی پت ادھر آیا تھا تو ہمیشہ کلیانی ہی کے پاس ــــ

کلیانی کے ساتھ کھولی میں آتے ہوئے، مہی پت نے ہاتھ ردم

کے پاس پڑی ہوئی گٹھری کو دیکھا، جس کے پاس بیٹھی ہوئی گرجا اپنے پلّو سے اُسے ہوا کر رہی تھی۔ کلیانی نے گٹھری کو اٹھا لیا اور مہی پت کے پاس لاتے ہوئے بولی۔

دیکھو، دیکھو میرا بچّہ....

مہی پت نے اس لجلجے چار پانچ مہینے کے بچّے کی طرف دیکھا، جسے گود میں اٹھائے ہوئے کلیانی کہہ رہی تھی — اسی ہلکٹ کو پیدا کرنے، دودھ پلانے سے ہم یہ ہو گیا۔ کھانے کو کچھ ملتا نہیں نا — اس پہ تم آتا تو —

پھر ایکا ایکی مہی پت کے کان کے پاس منہ لاتے ہوئے کلیانی بولی — سندری کو دیکھتا؟ تم بولے گا تو ہم اگلے ٹائیم سندری کو لادے گا.... نہیں، نہیں۔ پرسوں ہم آپی اچھا ہو جائے گا۔ یہ سب جگہ بھر جائے گا نا.... اور کلیانی نے اپنی چھاتی اور اپنے کولھوں کو چھوتے ہوئے کہا — یہ سب، جن سے تم اپنا ہاتھ بھرتا، اپنا باجو بھرتا — ٹھیک ہے۔ کچھ ہاتھ میں بھی تو آنا مانگتا — سندری کو لینا ہوئیں گا تو میرے کو بولنا۔ ہم سب ٹھیک کر دے گا۔ پر تم کو آنے کا میرے پاس۔ گرجا کے پاس نہیں آنے کا۔ اوجھنا اوں آں یوت کرتا، بوت بکھرا اس کا.... اور پھر بچّے کو اپنے بازوؤں میں جھلاتے ہوئے کلیانی بولی — ہم اس کا نام اچھی رکھا۔

اچھی۔ اچھی کیا؟

یہ تو ہم کو نہیں مالم — کلیانی نے جواب دیا۔ اور پھر تھوڑا سا ہنسی... کوئی آیا تھا کسٹمر، بولا — میرا تیرے کو ٹھہر گیا تو اس کا نام اچھی رکھنے کا۔ یہ تو ہم نہیں بولنے سکتا، اسی کا ٹھہرا کہ کس کا، پر نام یاد رہ گیا میرے

کو۔ اد تو پھر آیا چ نہیں اور تم بھی کوچھ نہیں بولا .... اور پھر اور ہنستے ہوئے بولی — اچھا، اگلے ٹیم دیکھیں گا....

مہی پت نے ایک نظر اچھی کی طرف دیکھا اور پھر ارد گرد کے ماحول کی طرف۔ یہاں پلے گا یہ بچّہ! بچّہ — میں تو سمجھتا تھا، ان لڑکیوں کے پاس آتا ہوں تو میں کوئی پاپ نہیں کرتا۔ یہ دس کی آشا رکھتی ہیں تو میں بیس دیتا ہوں — یہ بچّہ ؟!

— یہاں تو دم گھٹتا ہے .... جاتے سمے تو گھٹتا ہی ہے —

مہی پت نے جیب سے پانچ کا نوٹ نکالا اور اسے بچّے پہ رکھ دیا۔

— یہ اس دنیا میں آیا ہے، اس لیے یہ اس کی دکشنا۔

نہیں نہیں — یہ ہم نہیں لیں گا۔

لینا پڑے گی، تم انکار نہیں کر سکتیں۔

پھر واقعی کلیانی انکار نہ کر سکی۔ بچّے کی خاطر؟ مہی پت نے کلیانی کے کندھے پہ ہاتھ رکھتے ہوئے کہا — مجھے معاف کر دو کلیانی۔ میں نے سچ مچ آج تم سے جانوروں کا سلوک کیا ہے لیکن مہی پت کی بات سے یہ بالکل پتہ نہ چلتا تھا کہ اب وہ ایسا نہ کرے گا۔ ضرور کرے گا وہ۔ اسی بات کا تو نشہ تھا اسے، بیئر تو فالتو سی بات تھی۔

کلیانی نے جواب دیا — کوئی بات نہیں۔ پر تم آج کھلاص کر دیا، مار دیا میرے کو۔ اور وہ یہ شکایت کچھ اس ڈھب سے کر رہی تھی، جیسے مرنا ہی تو چاہتی تھی وہ۔ کیا اس لیے کہ پیسے ملتے ہیں، پیٹ پلتا ہے ؟

.... نہیں .... ہاں، جب بھوک سے پیٹ دکھتا ہے، تو معلوم ہوتا ہے دنیا میں سارے مرد ختم ہو گئے۔ عورتیں مر گئیں.....

مہی پت نے پوچھا ــــ یہ اچھی لڑکا ہے یا لڑکی؟

ایک عجیب سی کرن نے کلیانی کے پٹے، مار کھائے ہوئے چہرے کو منور کر دیا اور وہ چہرے کی پنکھڑیاں کھولتے ہوئے بولی ــــ چھوکرا!

پھر کلیانی نے جلدی اچھی کا لنگوٹ کھولا اور دونوں ہاتھوں سے اٹھا کر اچھی کے لڑکے پن کو مہی پت کے سامنے کرتی، اتراتی ہوئی بولی ــــ دیکھو، دیکھو....

مہی پت کے منہ موڑتے ہی کلیانی نے پوچھا ــــ اب کبھی آئیں گا؟

جلدی.... مہی پت گھبرا کر جواب دیا اور پھر وہ باہر کہیں روشنیوں میں منہ چھپانے کے لیے نکل گیا۔

مِتھُن

بازار ہی لمبا ہو گیا تھا اور یا پھر کاروبار چھوٹا۔ معلوم ہوتا تھا۔ پچھم کی طرف جہاں سڑک تھوڑا اٹھتی، آسمان سے لپٹتی اور آخر ایک دم نیچے گر جاتی ہے، وہیں دنیا کا کنارہ ہے جہاں سے ایک جست کر لیں گے، اس جینے کے ہاتھوں مر لیں گے۔

دن بھر سر دھننے کے بعد مگن ٹیکلے ــــ کباڑیے کو دو ہی چیزیں ہاتھ لگی تھیں۔ ایک فلورنٹین اور دوسری جیمنی رائے۔ فلورنٹین کو تو شاید کوئی سر پھرا فلم پروڈیوسر کرایے پر لے بھی جاتا، مگر جیمنی رائے؟ کوئی بات نہیں۔ آج وہ اسے چھپا کر رکھے گا تو کل اس کے پوتے پڑپوتے اس سے کروڑوں کمائیں گے، جیسے آج بھی پچھم میں کسی کے ہاں سے لیونارڈو کے اسکیچ نکل آئیں تو آرٹ کے بازار میں ان کی بولی لاکھوں تک جاتی ہے۔ ان لاکھوں کروڑوں کے خیال ہی سے مگن لال کی آنکھوں میں بجلیاں کوندنے لگیں اور وہ یہ بھول ہی گیا کہ وہ چالیس بیالیس سال کا اور ٹکلا ــــ گنجا ہونے کے باوجود کنوارہ ہے، اس لیے پوتوں اور پڑپوتوں کی بات ہی

نہیں۔ مگن کرتا بھی کیا؟ وہ ایک عام ہندو تھا، اتنے بڑے فلسفے کا مالک ہونے کے باوجود جس کے اندر کا بنیا پن نہیں جاتا۔ وہ باتوں میں مایا اِت آدِ کہہ کر اُسے پرے دھکیل دیتا ہے لیکن بھیتر سے اسے جی جان سے لگاتا ہے۔ دنیا بھر میں پیسے کی اگر کوئی پوجا کرتا ہے تو ہندو۔ آج بھی اس کے ہاں دیوالی کے روز پرات کے بیچ، جیوتی کے ساتھ، دودھ پانی میں نہایا، سندور میں لگایا ہوا روپیہ ملے گا۔ دسہرے کے دن اس کی گاڑی پہ صد برگ کے ہار ہوں گے اور سب نرناری مل کر لکشمی کے مندر کو جائیں گے — پوجا کے لیے، پیسے کے لیے تو وہ یوسف سابرؔ اور پدمنی ایسی پتنی کو بھی بیچنے کے لیے تیار ہو جائے۔

اور سامنے تھا سراجا — ایوز بیٹری کا ایجنٹ۔ اس کی دکان تھوڑا پیپل کے گھیر کے پیچھے چھپی ہوئی تھی، بھلے ہندو جس پہ صبح کے وقت آکر پانی میں ملے دودھ کے لوٹے ڈال جاتے تھے اور دکان اور سڑک کے بیچ کی جگہ کیچ سے اَٹ جاتی تھی۔ تقسیم کے بعد ہندوستان میں رہ جانے والے سراجو کو بھلے ہندوؤں کی اس رسم کا احترام کرنا ہی پڑتا تھا البتہ نہیں کرتے تھے تو وہ غلے کتے جو دن بھر ٹانگ اٹھا اٹھا کر اس پیڑ پہ پیشاب کرتے رہتے تھے، جس کے بارے میں بھگوان نے کہا تھا — اور درکشوں میں میں پیپل ہوں۔ ضرور وہ پچھلے جنم میں مسلمان ہوں گے جو سینتالیس کے فسادوں میں ہندوؤں کے ہاتھوں مارے گئے۔

سراجا ہمیشہ پیپل کی گولریں کھاتا ہوا دکھائی دیتا تھا۔ اس کی وجہ بازار کا مندہ ہونا یا بھوک نہ تھی۔ سراجا ہر اس چیز کو کھاتا تھا جو اس کی متی کو متغلظ کر دے۔ ہاں، مسلمان بنگ کتوں کا یہی ہے نا—

کھانا، پینا اور سمبھوگ کرنا۔ وہ دماغی طور پر کوئی ہو بو، کوئی خانہ بدوش ہیں، جو ہندوستان میں رہیں تو پاکستان کی باتیں کریں گے۔ پاکستان میں ہوں گے تو — میرے مولا بلالو مدینے مجھے۔ انھیں کسی چیز سے لگاؤ نہیں، مگن ٹکلے نے کئی بار اس بارے میں سوچا بھی — ان کا اللہ خوب عیش کرتا ہے۔ ایک اپنا بھگوان ہے۔ جو نیچے کے بجائے اوپر ترگٹی کے آس پاس ہی منزل ہوتا رہتا ہے۔ شاید سراجا جانے بوجھے بنا ایک تانترک تھا جو بند دُر کھشا کے لیے کنڈلنی کو جگاتے اور اوپر کا راستہ بناتے تھے۔ وہ عورت کے اندر اکڑے پڑے رہتے، لیکن کسی طرح اپنے جوہرِ حیات کو نہ جانے دیتے۔ نجات کو اس خود غرضانہ طریقے سے پانے والوں، عورت کو صرف ایک ذریعہ بنانے والوں نے کبھی یہ سوچا کہ اس بیچاری کی کیا حالت ہوتی ہوگی؟ اسے بھوکا، پیاسا، روتا، تڑپتا رکھ کر کیسے موکش کو پہنچ سکتا ہے کوئی؟ کس پرماتما کو پا سکتا ہے؟ پھر جو نجات بند سے چھٹکارہ پالینے میں ہے — پرش کے لیے، استری کے لیے؟ سواتی بوند تو موتی نہیں، نہ سیپی موتی ہے، مرتی تو بوند کے گرنے اور سیپی کے اسے اپنے اندر لے کر منہ بند کر لینے میں ہے۔

رات لپک آئی تھی۔ باہر وہ دنیا کا کنارا اندھیرا کے ساتھ کچھ اور بھی پاس رینگ آیا تھا۔ ریشم والے ولایتی رام، کشمیری بڈشاہ، حتّٰی کہ اڈپی کے چکرپانی کی دکان بھی بند ہوگئی تھی۔ ہو سکتا ہے مہینے کا دوسرا سنیچر ہونے کی وجہ سے اس کے سب اِدلی دوسے، سانبر بڑا کسیری بک گئے ہوں۔ صرف سراج کی دکان کھلی تھی۔ نہ جانے وہ کس مار پہ تھا؟ شاید اس لیے کہ بیڑی کی ضرورت رات ہی کو پڑتی ہے، اگر وہ صبح،

صبح کاذب ہی کو دکان کھول لیتا تھا، جو رات ہی کا حصہ ہوتی ہے، اس کا آخری حصہ۔ ورنہ صبح کہاں کسی کی رہی، وہ کیمونسٹوں کی ہولی۔ شاید سراج ٹورسٹ ایجنٹ مائیکل کی انتظار میں تھا تاکہ وہ دونوں مل کر اگلے روز کہیں آگرے کھجوراہو کا پروگرام بنالیں، تھوڑے پیسے کمالیں۔ نہیں، سراج پیسے کے پیچھے تھوڑا جاتا تھا؟ وہ تو جاتا تھا ان پچھمی عورتوں کے پیچھے جو کثیر الازدواجی کی وجہ سے بھوکی پیاسی آتی تھیں اور یہاں آکر ممتاز کی محبت کو ادھر کے کسی بھی شاہجہاں طبیعت والے مرد پہ آزمائیں اور کھجوراہو کے مٹھن کو زندہ کرتی تھیں۔

جبھی سراج کی آواز نے مگن لال کو چونکا دیا۔

"ہیلو، سویٹی پائی....."

سراج تقریباً اَن پڑھ تھا، مگر ٹورسٹوں کے ساتھ رہنے سے اتنی انگریزی سیکھ گیا تھا۔ اس کی آواز سے مگن سمجھ گیا: کیرتی آئی ہے۔

وہ سچ مچ کیرتی ہی تھی، جو چھوٹے قد، گٹھے ہوئے بدن اور موٹے نقوش والی ایک اداس لڑکی تھی۔ اس کا رنگ پکا تھا۔ پھر اوپر سے جامنی رنگ کی دھوتی پہن رکھی تھی۔ جب وہ آئی تو یوں لگا جیسے اندھیرے کا کوئی ٹکڑا متشکل ہوکر سامنے آگیا۔ وہ ہمیشہ رات ہی کو آتی تھی، جیسے اسے اپنا آپ چھپانا ہے اور شاید اسی لیے سراجو کی دکان کھلی تھی، وہ ہمیشہ کی طرح سے اس کی طرف دیکھے، اس سے بات کیے بغیر نکل آئی تھی۔ اس کے باوجود سراج سیٹیاں بجا رہا تھا۔

مگر کیرتی بات ہی کہاں کرتی تھی، اس سے، اُس سے، کسی سے بھی نہیں۔ اس سے بات کرنے کے لیے سوال کچھ یوں وضع کرنے پڑتے

تھے کہ ان کا جواب ہاں ہو یا نہ۔ صرف اوپر سے نیچے یا دائیں سے بائیں سر ہلانے سے بات بن سکے۔ سراج کا اسے چھیڑنا مگن کو بہت ناپسند تھا۔ اس نے کئی بار مگن سے کہا بھی تھا— تو کہیں عشق کے چکّر میں تو نہیں پڑ گیا؟ جوان لڑکی ہے۔ کھینچ ڈال۔ بہت اِدھر اُدھر رہا، لکے کبوتر کی طرح سے تو وہ اُڑ جائے گی۔ لیکن مگن نے اسے ڈانٹ دیا تھا۔

درحقیقت مگن ٹیکلے کا دھندہ سدّباب ہوتا تھا۔ کیرتی کوئی لکڑی کا کام یا شلپ بنا کر بیچنے کی غرض سے اس کے پاس لاتی تو وہ اس میں بہت کیڑے نکالتا۔ کبھی کہتا ایسی چیزوں کی آج مانگ ہی نہیں اور کبھی یہ کہ وہ فن کے معیار و محک پہ پوری نہیں اُترتیں۔ کیرتی اور بھی منھ لٹکا لیتی حالانکہ ان سب باتوں سے مگن لال کا ایک ہی مقصد ہوتا کہ دو سو کی چیز پانچ دس میں دے جائے اور پھر یہ اُسے سینکڑوں کر کے سیکڑوں میں بیچے۔

کیرتی نے یہ کام کسی آرٹ اسکول میں نہ سیکھا تھا۔ اس کا باپ نارائن ایک شلپی تھا جو بھاؤ داجی اور جیمز برگس وغیرہ کے ساتھ نیپال اور جانے کہاں کہاں ہندوستان کی وراثت کو ڈھونڈتا پھرا تھا جو کہ دراصل لندن کے میوزیم، نیویارک اور شکاگو کی اینٹیق کی دکانوں میں رُل رہی تھی ہر سال ہمارے مندروں اور صنم خانوں سے سیکڑوں مورتیاں غائب ہوتیں، اور ہزاروں میل دور کیوریو وغیرہ کی دکانوں میں جگہ پاتیں۔ نارائن مسلسل سفر سے تنگ آ کر لوٹ آیا تھا اور گھر ہی میں شلپ بنانے شروع کر دیے تھے جنھیں کیرتی بڑے انہماک سے دیکھتی رہتی تھی اور بیچ میں اوزار پکڑانے اور رف ورک کرنے میں باپ کی مدد بھی کرتی تھی۔ یوں گھر

بیٹھ جانے میں نارائن اس بات کو بھول ہی گیا کہ کھویا ہوا درشٹر پائے ہوئے سے کہیں زیادہ قیمتی ہوتا ہے اور اس کے دوگنے چوگنے ہی نہیں سوگنا دام ملتے ہیں۔ شاید وہ جانتا بھی تھا لیکن وہ ان چند لوگوں میں سے تھا جو پیسے کی ماہیت کو سمجھ جاتے ہیں اور زندگی کے پھیلاؤ میں نہیں دیکھتے۔ وہ شلپ بناتا اور مشکل سے روٹی کماتا تھا۔ آخر ایک دن دو روٹیوں کے درمیان اس کی موت واقع ہوگئی۔ وہ جگدمبا کا بت بنا رہا تھا جب کہ اس کا اپنا ہی چھینی اس کے ہاتھ میں لگ گیا جس سے اسے ٹیٹانس ہوگیا اور وہ قریب کے چھاؤنی کے اسپتال میں مرگیا۔ کہتے ہیں وہ کتے کی موت مرا۔ کیوں نہ ایسی موت مرتا؟ جب وہ دیوی کا بت بناتا تھا تو دنوں، مہینوں اس کی چھاتیوں، اس کے کولہوں اور رانوں پہ ٹھہرا رہتا۔ چھوٹے شلپوں میں تو چھاتیاں خلا میں گھومتے ہوئے لٹو معلوم ہوتی تھیں، لیکن بڑوں میں ٹانگیں اور ٹارسو ایک طرح کی گھڑونچی تھے۔ اصل بات وہ دودھ کے بڑے بڑے مٹکے تھے جو اس پہ رکھے ہوتے تھے اور کولہے ہتھنی کے ماتھے کی طرح سے جس کے نیچے سے ایک کی بجائے دو سونڈیں نکلتی تھیں۔ اس نے درگا کا شلپ بھی بنایا تھا جو بڑی جرجنگ دیوی ہے۔ ایسی دیویوں کے بدن بناتے ہوئے نارائن کتے کی نہیں تو کیا ہماری آپ کی موت مرتا؟

"کیا لائے ہو؟" مگن ٹکلے نے کیرتی سے پوچھا۔

کیرتی نے اپنی دھوتی کے پلو سے لکڑی کا کام نکالا اور دھیرے سے اسے مگن کے سامنے رول ٹاپ کی میز پر رکھ دیا۔ کیونکہ اوپر کے لیمپ کی روشنی وہیں مرکوز ہو رہی تھی۔ اسے دیکھنے سے پہلے مگن نے ایک بیڑی

کرسی کیرتی کے سامنے سرکا دی۔ مگر وہ بدستور کھڑی رہی۔

"تمھاری ماں کیسی ہے؟"

کیرتی نے کوئی جواب نہ دیا۔ اس نے ایک بار پیچھے اس طرف دیکھا جہاں سڑک نیچے گرتی تھی اور جب چہرہ مگن کی طرف کیا تو اس کی آنکھیں نم تھیں۔

کیرتی کی ماں وہیں چھاؤنی کے اسپتال میں پڑی تھی، جہاں اس کے باپ نارائن نے دم توڑا تھا۔ بڑھیا کو مقعد کا سرطان تھا۔ اس کے پیٹ میں سوراخ کر کے ایک نلی لگا دی گئی تھی اور اس کے اوپر ایک بوتل باندھ دی گئی تھی تاکہ بول و براز نیچے جانے کے بجائے اوپر بوتل میں چلے جائیں۔ پہلی بوتل کسی وجہ سے خراب ہو گئی تھی اور اب دوسری کے لیے پیسے چاہیے تھے۔ اگر وہ مگن کو بتا دیتی تو وہ شاید دوسرے طریقے سے بات کرتا، لیکن اس ڈڈورک کو دیکھ کر وہ ویسے ہی بھڑک گیا تھا۔

"پھر وہی" اس نے کہا "میں نے تم سے کئی بار کہا ہے۔ آج کل ان چیزوں کو کوئی نہیں پوچھتا۔ یہ لیٹے ہوئے وشنو، اوپر شیش ناگ ——— لکشمی پاؤں داب رہی ہے...."

کیرتی نے بڑی بڑی آنکھوں سے مگن کی طرف دیکھا، جن میں سوال تھا ——— اور کیا بناؤں؟

"وہی ——— جو آج کل ہوتا ہے۔"

"آج کل.... کیا ہوتا ہے؟" کیرتی نے آخر منہ کھولا۔ مشکل سے اس کی آواز سنائی دی، جیسے کینری (canary) کی چونچ ہلتی دکھائی دیتی ہے، مگر آواز سنائی نہیں دیتی۔

مگن نے کچھ رکتے، کچھ راستہ پاتے ہوئے کہا "اور کچھ نہیں ہوتا تو گاندھی

ہی بناؤ، نہرد بناؤ —" اور پھر جیسے اسے کوئی غلطی لگی اور وہ اپنے آپ کو درست کرتے ہوئے بولا "کوئی نیوڈ ...."

"نیوڈ؟"

"ہاں - آج کل لوگ نیوڈ پسند کرتے ہیں۔"

کیرتی چپ ہوگئی - کنواری ہونے کے ناتے وہ شرما سکتی تھی، لجا سکتی تھی مگر یہ سب باتیں اس لڑکی کے لیے تعیش تھیں، اسے فکر تھی تو صرف اس بات کی کہ مگن اس کے وُڈ ورک کو خریدتا، پیسے دیتا ہے یا نہیں؟ کچھ سوچتے رکتے ہوئے اس نے کہا — "مجھے نہیں آتا۔"

"کیا بات کرتی ہو؟ تمھارے باپ نے بیسیوں بنائے۔"

"وہ تو — دیوی ماں کے تھے۔"

"فرق کیا ہے؟" مگن ٹھکلے نے کہا "دیوی بھی تو عورت ہوتی ہے - تم وہی بناؤ مگر بھگوان کے لیے کوئی دیومالا اس کے ساتھ نتھی مت کرو - انھی حرکتوں سے ہی تو تمھارے پتا ایسی موت مرے — سرگباشس ہوئے۔"

کیرتی نے اپنے جیون کے پچھواڑے میں جھانکا - اب جیسے وہ کھڑی نہ رہ سکتی تھی - کسی اور خطرے سے اس کا سارا بدن کانپ رہا تھا، جسے وہی جانتی تھی، کوئی دوسرا نہیں - پھر بھی وہ بیرونی کرسی پر بیٹھی نہیں، اس کا سہارا لے کر کھڑی ہوگئی - اس طرف سے اس کے بدن کے حسین مگر جارحانہ خط دکھائی دے رہے تھے - کیا شلپ تھا، جسے اوپر کے نہیں، نیچے کے نارائن نے بنایا تھا - مگن لال کے دماغ میں اختیار اور بے اختیاری آپس میں نبرد آزما ہو رہے تھے اور وہ نہیں جانتا تھا کہ برابر والی لڑکی کے اندر بھی وہی چارہ اور لاچاری آپس میں ٹکرا رہے ہیں - اس کا منہ سوکھ گیا تھا - کوئی گھونٹ سا

بھرنے کی کوشش میں وہ بولی

"میں- میرے پاس موڈل نہیں"

"موڈل ؟" مگن نے اس کے پاس آتے ہوئے کہا" سیکڑوں ملتے ہیں- آج تو کسی بھی جوان' خوب صورت لڑکی کو پیسے کی جھلک دکھا دُ تو وہ ایک دم ــــ"

کیرتی نے کچھ کہا نہیں- مگر مگن نے صاف سن لیا- "پیسے؟" اور خود ہی کہنے لگا "آدمی پیسہ خرچ کرے' تبھی پیسہ بنا سکتا ہے نا"

اس بات نے کیرتی کو اور بھی اداس کر دیا- اس کی روح زندگی کے اس جبر کے نیچے پھڑپھڑا رہی تھی- پھر اس کی آنکھیں بھیگنے لگیں- عورت کا یہی عالم تو ہوتا ہے' جو مرد کے اندر باپ اور شوہر کو جگا دیتا ہے- چنانچہ مگن نے اپنا ہاتھ بڑھایا تاکہ اسے بازوؤں میں لے لے اور چھاتی سے لگا کر کہے ــ" میری جان' تم فکر نہ کرو... میں جوں" لیکن کیرتی نے اسے جھٹک دیا- مگن کٹ گیا- اس نے یوں ظاہر کیا جیسے کچھ ہوا ہی نہیں- ٹمرپ اس کے ہاتھ میں تھا- رول ٹاپ پر سے اس نے وُڈورک کو اٹھایا اور اسے کیرتی کی طرف بڑھاتے ہوئے بولا' مجھے اس کی ضرورت نہیں"

جب تک کیرتی نے بھی کچھ سوچ لیا تھا- اس نے پہلے نیچے دیکھا اور پھر ایکا ایکی سر اوپر اٹھاتے ہوئے بولی- "اگلی بار نیوڈ ہی لاؤں گی- ابھی تم اسے ہی لے لو"

"شرط ہے ؟" مگن نے مسکراتے ہوئے کہا-

کیرتی نے سر ہلا دیا- مگن ٹھلے کا خیال تھا- کیرتی ساتھ ہنس پڑے گی مگر وہ تو کچھ اور بھی سنجیدہ ہوگئی تھی- اس نے رول ٹاپ کو اٹھایا اور میز کے

اندر سے دس روپے کا مڑا سا نوٹ نکالا اور اسے کیرتی کی طرف بڑھا دیا ——"لو!"

"دس روپے؟" کیرتی نے کہا۔

"ہاں تمھیں بتایا نا' میرے لیے یہ سب بیکار ہے۔ میں اور نہیں دے سکتا۔"

"ان سے تو ——" اور کیرتی نے جملہ بھی پورا نہ کیا۔ اس کے اندر گویائی' الفاظ سب تھک گئے تھے۔ پر مطلب صاف تھا۔ مگن سمجھ گیا۔ "اس سے تو بوتل بھی نہ آئے گی" "دوا کا خرچ بھی پورا نہ ہوگا" "روٹی بھی نہ چلے گی" قسم کے فقرے ہوں گے' سب مجبور اور نادار جن کی تتے کیا کرتے ہیں۔ اس نے کیرتی کی طرف دیکھتے ہوئے کہا: "مجھے بس وہ لادو تو میں اچھے پیسے دوں گا۔"

اور ایسا کہتے ہیں اس نے ہاتھ کی دو انگلیوں کا چھلّا بنایا' تھوڑی آنکھ ماری جیسی ڈدم' ساز ندے نایکہ کو داد دیتے ہوئے مارتے ہیں۔

کیرتی باہر نکلی تو اس کے ہونٹ بھنچے ہوئے تھے' وہ تھوڑا ہانپ رہی تھی۔ لوٹنے پہ کیرتی ہمیشہ الٹی طرف سے جاتی تھی' حالانکہ اس میں اسے میل ڈیڑھ میل کا چکر پڑتا تھا۔ وہ نہ چاہتی تھی سراج سے اس کی ٹکر ہو' لیکن آج وہ اسی طرف سے گئی جیسے اس میں کوئی مدافعت ابھر آئی تھی۔ مائیکل چلا آیا تھا اور سراج کے ساتھ مل کر کچھ کھا رہا تھا' جب کہ کیرتی منہ اوپر اٹھائے' ناک پھلائے ہوئے پاس سے گزر گئی۔ سراج نے کچھ کہا جو مگن کو سنائی نہ دیا۔ کیرتی میں وہ بغاوت ہی کا جذبہ تھا اور یا پھر وہ ان مصیبت زدہ لوگوں میں سے تھی جو دشمن کے ساتھ بھی بنا کر رکھنے کی سوچتے ہیں۔ مبادا انھیں سے کوئی کام آپڑے۔ شاید یہ عورت

کی فطرت کا خاصا تھا جو اس مرد کو بھی اپنے پیچھے لگائے رکھتی ہے جس سے اسے کچھ لینا دینا نہیں۔ صرف اس لیے کہ اسے دیکھ کر ایک بار اس نے سیٹی بجائی تھی یا اپنی چھاتی پہ ہاتھ رکھ کر سرد آہ بھری تھی۔

سراجا ضرور کوئی "ایفرو ڈیزیاک" کھا رہا تھا۔ ہو سکتا ہے پائے ہوں جو مائیکل اس کے لیے لایا تھا۔ شاید وہ دونوں مل کر مگن ٹھیکے کے پاس آتے اور اُسے کچھ داؤ گھات بتاتے، لیکن مگن نے دکان ہی بڑھا لی تھی۔ دروازوں کو اندر سے بند کرتے ہوئے اس نے کیرتی کے وڈ ورک کو دیکھا جو بہت عمدہ تھا۔ شیشم۔ آگ کا نچلا حصہ تو خوبصورت تھا ہی لیکن اوپر کی چنکبری کھال میں اس نے صرف گودلوں سے رنگ بھر دیے تھے۔ دشتو میں وہی تھا جو کوئی بھی عقیدت مند عورت کسی مرد میں دیکھنا چاہتی ہے۔ البتہ لکشمی ڈھیر سی پڑی تھی اور اس کے بدن کے خط واضح نہ تھے۔ شاید کیرتی لکشمی کو اس کے کسی بھی معنی میں نہ جانتی تھی۔ حالانکہ اسے روچک بنانا کتنا آسان تھا جب عورت پاؤں دبانے کے لیے جھکتی ہے تو ظاہر ہے اس کے ہاتھ بازو بدن سے الگ ہوتے ہیں اور مخصوص عورت صاف اور سامنے دکھائی دیتی ہے۔ پھر پہلو پہ بیٹھی ہوئی اوپر کی عورت نیچے والی سے کتنی کٹ جاتی ہے اور مرد کی نظروں کو کیا کیا اونچ نیچ سجھاتی ہے۔ اگر یہ کہیں کیرتی خود عورت تھی اس لیے اسے عورت کی بہ نسبت مرد میں زیادہ دل چسپی تھی تو یہ غلط ہوگا۔ کیوں کہ عورت اپنے حسن کے سلسلے میں اوّل اور آخر تک خود پرست ہوتی ہے اور جب اس کی یہ خود پرستی اس کے لیے ناقابلِ برداشت ہو جاتی ہے تو کسی بھی مرد کی مدد سے اسے جھٹک دیتی ہے۔

مگن نے کیرتی کے وُڈّورک کو ایک ہاتھ میں لیا اور دوسرے میں چاقو لے کر اس پر "سدہم نمہ" کے الفاظ کندہ کر دیئے اور پھر پچھلے کمرے میں پہنچ گیا جہاں کچی زمین تھی، جسے کھود کر اس نے وُڈّورک کو نیچے رکھا، ایک اور مورتی کو نکالا جو کیرتی ہی کی بنائی ہوئی تھی اور پھر گڈھے پہ مٹی ڈال کر اس پر کتھے کا پانی چھڑک دیا۔ پرانے بُت کی مٹی جھاڑ کر اُسے دیکھا تو بڑی بڑی دراڑیں اس میں چلی آئی تھیں اور وہ صدیوں پُرانا معلوم ہو رہا تھا۔ اگلے دن جب وہ اسے لے کر ٹورسٹوں کے پاس گیا تو وہ بہت خوش ہوئے۔ مگن نے انھیں بتایا کہ اس کا ذکر کالی داس کے رگھوونش میں آتا ہے۔ رگھوجی نے کونکن کے علاقے میں تُرکٹ نام کا ایک شہر بسایا تھا، جہاں سے یہ بُت برآمد ہوئے۔ کچھ میسور کے مہاراجہ وڈیار کے پاس ہیں اور کچھ اپنے پاس۔ چنانچہ اس بُت کو مگن ٹکلے نے ساڑھے پانچ سو روپے میں بیچ دیا۔ جس کے لیے اُس نے کیرتی کو صرف پانچ روپے دیے تھے۔

اس واقعے کے ایک ہفتے کے اندر کیرتی نیوڈ لے آئی۔ وہ بدستور بدحواس تھی، اس کی ماں تو بیمار تھی ہی، وہ بھی بیمار ہو گئی تھی۔ اسے قریب قریب نمونیہ ہو رہا تھا۔ وہ کھانس رہی تھی اور بار بار اپنا گلا پکڑ رہی تھی، جس پر اس نے روئی کا لوگڑ ایک پھٹے پُرانے

کپڑے کے ساتھ باندھ رکھا تھا۔
کیرتی نے معمول کی طرح سے شلپ کو مگن ٹیکلے کے سامنے رکھا اب کے اس نے اسے لکڑی میں نہیں، پتھر میں بنایا تھا۔ اب وہ پھر امید و بیم کے ساتھ مگن کی طرف دیکھ رہی تھی۔ مگن اگر ناپسندیدگی کا اظہار کرتا تو بہت بڑا جھوٹ ہوتا۔ اس لیے اس نے نہ صرف اسے پسند کیا بلکہ جی بھر کر داد دی۔ اعتراض تو صرف اتنا کہ وہ بہت چھوٹا تھا۔ کاش وہ اسے قدِ آدم میں بناتی تو نہ صرف اسے بلکہ خود مگن کو بھی بہت فائدہ ہوتا۔

اس نے شلپ یکشی کو ہاتھ میں لیا اور غور سے دیکھا۔ کیرتی پھر بھی سچ مچ کا نیوڈ نہ بنا سکی تھی۔ بت کے بدن پہ کپڑا تھا جو گیلا تھا۔ کمال یہ تھا کہ اس کپڑے سے اب بھی پانی کے قطرے ٹپکتے ہوئے محسوس ہو رہے تھے۔ وہ کہیں تو بدن کے ساتھ چپکا ہوا تھا اور کہیں علیحدہ۔ بظاہر چھپانے کے عمل میں وہ عورت کے جسم کو اور بھی عیاں کر رہا تھا۔

شلپ پر سے نظریں ہٹا کر مگن ٹیکلے نے کیرتی کی طرف دیکھا اور بے اختیار اس کے منہ سے نکلا۔ "اوہ!" کیرتی جھینپ گئی اور اس جامنی ساری کو آگے کھینچنے پیچھے سے ڈھانپنے لگی لیکن مگن سب جان گیا تھا کہ وہ برہنہ ہو کر خود کو آئینے میں دیکھتی اور اسے بناتی رہی ہے۔ کے بار اس نے کپڑا بھگو کر اپنے بدن پہ رکھا ہوگا، جس سے اسے سردی ہو گئی اور اب وہ کھانس رہی ہے۔ یہ صرف پیسے ہی کی بات نہیں۔ عورت میں نمایش اور خود سپردگی کا جذبہ بھی تو ہے۔ مگن سب سمجھ گیا تھا مگر تجاہل برتتے ہوئے اس نے پوچھا — "ماں کیسی ہے؟"

کیرتی جیسے ایک دم برافروختہ ہوگئی، اُسے کھانسی کا ٹھسکا سا پڑا اور خود کو سنبھالنے میں خاصی دیر لگی۔ مگن گھبرا گیا تھا اور شرمندہ بھی تھا۔ اس کے بعد سر ہلاتے ہوئے جو اس نے سوال کیا، وہ بہت غیر ضروری تھا۔ "تو موڈل مل گیا تمھیں؟"

کیرتی نے پہلے تو نظریں گرا دیں اور پھر دکان سے باہر اس طرف دیکھنے لگی جہاں سڑک آسمان کو چھوتی ہوئی ایکا ایکی نیچے گرتی تھی۔ مگن نے چاہا کہ اسے اس کمزوری کے عالم میں پکڑلے اور وہ داد دے جس کی وہ مستحق تھی اور جو شاید وہ چاہتی بھی تھی مگر اس نے سوچا، ایسے میں دام بڑھ جائیں گے۔ اس نے اپنے دل میں اب کے کیرتی کو سو روپے دینے کا فیصلہ کیا۔ بوتل اور باقی کی چیزیں شاید سو کی نہ ہوں، مگر وہ سو ہی دے گا۔ اندر ہی اندر وہ ڈر بھی رہا تھا کہ کہیں کیرتی زیادہ کا مطالبہ نہ پیش کر دے۔

"کیا دام دوں اس کے؟" اس نے یوں ہی سرسری طریقے سے پوچھا۔

کیرتی نے اُچٹتی نظر سے اس کی طرف دیکھا اور بولی "اب کے میں پچاس روپے لوں گی۔"

"پچاس؟"

"ہاں۔ پائی کم نہیں۔"

مگن نے تسکین کے جذبے سے رول ٹاپ اٹھایا اور چالیس روپے نکال کر کیرتی کے سامنے رکھ دیے اور بولا — "جو تم کہو — مگر ابھی چالیس ہی ہیں میرے پاس۔ دس پھر لے لینا۔"

کیرتی نے روپے ہاتھ میں لے لیے اور کہا — "اچھا۔"

وہ جانے ہی والی تھی کہ مگن نے اسے روک لیا — "سنو"

کیرتی گپت کے بیچ تھم کر اس کی طرف مجھے تھام لو، کے انداز میں دیکھنے لگی۔ اس کے چہرے پہ اُداسیاں چھٹ جانے کے بجائے کچھ اور گھنڈ گئی تھیں جب کہ مگن ٹھکلے نے پوچھا: "اتنے پیسوں میں تمھارا کام چل جائے گا؟"

کیرتی نے سر ہلا دیا اور پھر ہاتھ پھیلائے جس کا مطلب تھا —— اور کیا کرنا —؟ پھر اس نے بتایا۔ ماں کا آپریشن آ رہا ہے، جس کے لیے سیکڑوں روپے چاہییں۔

"میں تو کہتی ہوں" اس نے کہا اور پھر کچھ رک کر بولی "ماں جتنی جلد مر جائے، اتنا ہی اچھا ہے۔" اور پھر وہ کھڑی پاؤں کے انگوٹھے سے زمین کریدنے لگی۔ آخر وہ خود ہی بول اُٹھی —— "ایسے ایڑیاں رگڑنے سے تو موت اچھی ہے۔"

جب مگن نے اس سے آنکھ ملائی تو کیرتی اٹھارہ اُنیس برس کی لڑکی کے بجائے پینتیس چالیس برس کی بھرپور عورت نظر آنے لگی جو زندگی کا ہر داؤ اپنے اوپر لیتی اور اسے بیکار کر کے پھینک دیتی ہے۔

"ایک بات کہوں" مگن ٹھکلے نے پاس آتے ہوئے کہا "تم میتھن بناؤ، آپریشن کا سب خرچا میں دوں گا۔"

"میتھن؟" کیرتی نے کہا اور لرز اٹھی۔

"ہاں" مگن بولا "اس کی بہت زیادہ مانگ ہے۔ ٹورسٹ اس کے لیے دیوانے ہوتے ہیں۔"

"لیکن ——"

"میں سمجھتا ہوں" مگن نے سر ہلاتے ہوئے کہا۔ "تم نہیں جانتیں تو ایک بار کھجوراہو چلی جاؤ، اور دیکھ لو۔ میں اس کے لیے تمھیں پیشگی دینے کو

تیار رہوں۔"

"تم؟" کیرتی نے نفرت سے اس کی طرف دیکھا اور پھر کچھ دیر کے بعد بولی۔ "تم تو کہہ رہے تھے تمھارے پاس اور پیسے نہیں؟"

مگن نے فوراً جھوٹ تراش لیا—

"میرے پاس سچی پیسے نہیں۔" وہ بولا۔ "میں نے دکان کا کرایہ دینے کے لیے کچھ الگ رکھے تھے...."

پھر اس نے پیسے دینے کی کوشش کی، مگر کیرتی نے اپنے زعم میں نہ لیے اور وہاں سے چلی گئی۔ مگن ٹکلے نے لوٹ کر "یکشی" کو دیکھا اور پھر ایک چھوٹی سی ہتھوڑی لے کر اس کی ناک توڑ دی۔ پھر ایک بازو توڑا۔ پھر ٹانگ توڑ دی اور اس کے سر کے سنگار پر ہلکی ہلکی ضربیں لگائیں، جس سے کچھ کرچیں گریں۔ پھر اندر جا کر اس نے اسے رسی میں باندھا اور نمک کے تیزاب میں ڈبو دیا۔ دھوئیں کے بادل سے اٹھے۔ مگن نے رسی کو کھینچا اور یکشی کو نکال کر پانی میں ڈال دیا۔ اب جو اسے نکالا تو "یکشی" کے خدوخال دھندلے ہو گئے تھے اور کہیں کہیں بیچ میں سوراخ چٹاخ سے پڑ گئے تھے۔ اب وہ ہزار ایک روپے میں بکنے کے لیے تیار تھی۔

اب کے کیرتی جو شلپ لائی وہ متھن ہی تھا۔ اور قدآدم۔ وہ ایک بوری میں بندھا ہوا تھا اور ٹھیلے پر آیا تھا۔ کچھ مزدوروں نے اٹھا کر مگن ٹکلے کی

دکان پر رکھا۔ پھر اپنی مزدوری لے کر وہ لوگ چلے گئے۔

کیرتی اور خود کو تنہا پا کر، تیز سانسوں کے بیچ مگن ٹِکلے نے بوری کی رسّیاں کاٹیں، اور کچھ وارفتگی سے ٹاٹ کو شلپ پر سے ہٹایا۔ اب شلپ سامنے تھا۔ پرفیکٹ۔۔۔ مگن نے اسے دیکھا تو اس کے گلے میں لعاب سوکھ گیا۔ اس کا خیال تھا کہ کیرتی اس کے سامنے اس شلپ کو نہ دیکھے گی مگر وہ وہیں کھڑی تھی۔ اس کے سامنے، کسی بھی ہیجان سے عاری۔ شلپ میں میں کی عورت تکمیل (orgasm) کو پہنچ رہی تھی جب کہ مرد خود رفتگی کے عالم میں اسے دونوں کاندھوں سے پکڑے ہوئے تھا، جسے مگن ٹِکلے نے توجہ سے نہ دیکھا۔ وہ شاید اسے فرصت میں دیکھنا چاہتا تھا۔

"کتنے پیسے چاہئیں، آپریشن کے لیے؟" اس نے پوچھا۔

"آپریشن کے لیے نہیں۔ اپنے لیے۔"

"اپنے لیے؟ ماں ___"

"مر گئی ___ کوئی ہفتہ ہوا۔"

مگن نے اپنے چہرے پہ دکھ اور افسوس کے جذبے لانے کی کوشش کی، مگر شاید کیرتی نہ چاہتی تھی۔ اس کے ہونٹ ویسے ہی بھینچے ہوئے تھے۔ وہ ویسے ہی اداس تھی جب کہ اس نے کہا "میں اس کا ہزار روپیہ لوں گی۔"

مگن بھونچکا سا رہ گیا۔ اس کی زبان میں لکنت تھی، جب اس نے کہا: "اس کے ہزار روپے بھی کوئی دے سکتا ہے؟"

"ہاں" کیرتی نے جواب دیا "میں بات کر کے آئی ہوں۔۔۔ شاید مجھے زیادہ بھی مل جائیں، لیکن میں نے تم سے وعدہ کیا تھا۔"

"میں تو۔۔۔ میں تو پانسو ہی دے سکتا ہوں۔"

"نہیں" اور کیرتی نے مزدوروں کے لیے باہر دیکھنا شروع کر دیا۔ مگن نے اسے روکا — "سو ایک اور لے لو۔"

"ہزار سے کم نہیں۔"

مگن نے حیران ہو کر کیرتی کی طرف دیکھا جس کے آج تیور ہی دوسرے تھے۔ کیا وہ کھجورا ہو گئی تھی؟ ٹورسٹوں سے ملی تھی؟ کسی بھی قیمت پہ کلاکار کو اس کی مارکیٹ سے جدا رکھنا چاہیے.... مگر خیر... اس نے رول ٹاپ اٹھایا اور آٹھ سو کے نوٹ گن کر کیرتی کے سامنے رکھ دیے۔ کیرتی نے جلدی سے گنے اور اس کے منہ پر پھینک دیے۔

"میں نے کہا نا۔ ہزار سے کم نہ لوں گی۔"

"اچھا — نو سو لے لو۔"

"نہیں۔"

"ساڑھے نو سو — نو سو پچھتر....." اور پھر کیرتی کی نگاہوں میں کوئی عزم دیکھ کر اس نے سو سو کے دس نوٹ اس کے ہاتھ میں دے دیے اور نشے کی حالت میں متھن کی طرف لپک گیا۔ کیرتی کھڑی تھی — جیسے وہ اپنے فن کی داد لینے کے لیے ٹھٹک گئی تھی۔ مگن نے متھن میں کی عورت کی طرف دیکھا جو پھر کیرتی تھی۔ اس کی آنکھ میں آنسو کیوں تھے؟ کیا وہ لذّت کی گراں باری تھی یا کسی جبر کا احساس؟ کیا وہ دکھ اور سکھ، درد اور راحت کا رشتہ تھا جو کہ پوری کائنات ہے؟ پھر اس نے مرد کی طرف دیکھا جو اوپر سے لطیف تھا مگر نیچے سے بے حد کثیف۔ کیوں؟ کیرتی نے کیوں مرد — انسان کی "حاریت" پہ زور دیا تھا؟ .....یہ متھن ہے.... مگر وہ متھن تو نہیں، جو پُرش اور پرکرتی میں ہوتا ہے...؟ ٹھیک ہے۔

اُلٹا زیادہ پیسے ملیں گے....

گن ٹھکلے نے اوپر کی بتی کو کھینچ کر پھر مرد کی طرف دیکھا اور بول اُٹھا — "یہ — میں نے اسے کہیں دیکھا ہے؟"

کیرتی نے کوئی جواب نہ دیا۔

"تم —" گن نے جیسے پتہ پاتے ہوئے کہا۔ "تم سراج کے ساتھ باہر گئی تھیں ؟"

کیرتی نے آگے بڑھ کر زور سے ایک تھپڑ گن ٹھکلے کے منہ پر لگا دیا اور نوٹ ہاتھ میں تھامے دکان سے نکل گئی۔

تعطّل

اُس سال میں جس ہاؤس بوٹ میں ٹھہرا تھا، اُس کا نام سمفنی تھا۔ مجھے ہنسی اس لیے آتی ہے کہ سمفنی انگریزی میں نغمے کو کہتے ہیں۔ اور اس ہاؤس بوٹ سمفنی میں نغمہ نام کی کوئی چیز ہی نہ تھی۔ ٹورزم کے محکمے کے حساب سے یہ بوٹ تیسرے درجے کا تھا۔ یہ بات نہیں کہ میں اُس سے اوپر کے درجے کا بوٹ کرایے پہ لینے کی حیثیت نہ رکھتا تھا۔ قصّہ صرف یہ تھا کہ اُس سال کشمیر میں ٹورسٹ ہی ٹوٹ کے پڑا تھا اور اچھے درجے کے سب ہاؤس بوٹ پہلے آنے والوں اور کالے بازاریوں نے لے لیے تھے۔ چھوٹے سے چھوٹا ہوٹل تک سیر سپاٹے والوں سے پٹا پڑا تھا۔ سمفنی کی دیوار پرانی ہونے کی وجہ سے سڑ گل گئی تھی اور برسات اُس کی دیواروں پر چھاجوں رو گئی تھی۔ کاریڈور میں چلتے تھے تو پوری ناؤ ایک طرف ڈول ڈول جاتی تھی اور پاؤں کے نیچے تختے ایک عجیب طرح کی چوں چخ کی آواز پیدا کرتے تھے۔ غالباً یہی وجہ تھی کہ کوئی ہنی مون جوڑا ایک

دو رات سے اوپر اس میں نہ رہتا تھا۔ پھر غسل خانے میں تو بڑی بڑی دراڑیں تھیں جن کے نتیجے سے جھیل کا گدلا پانی انسان کے ننگے پن کا منہ چڑاتا تھا۔

یوں جھیل کا پانی گدلا نہ تھا۔ برسات سے اِدھر تو وہ ہمیشہ گوری کے بدن میں وریدوں کی خُنک سی نیلاہٹ لیے رہتا تھا' لیکن حمدیا — غلام حمدانی، 'سمغنی کے مالک اور پڑوس کے 'فلائنگ جیک' اور 'پن اَپ' کے مخدوم اندر کا کوڑا کرکٹ اور گندگی باہر جھیل ہی میں پھینکتے اور پھر کھانا بنانے کے سلسلے میں وہی پانی استعمال کرنے کے عادی سے ہو گئے تھے۔ ہم ہندوستانی تو خیر لگاتار گندگی میں رہنے کی وجہ سے دافع جراثیم ہو گئے ہیں۔ لیکن صرف زکام ہی سے چُھٹی پا جانے والے مغربی ٹورسٹ ان جراثیموں کو برداشت نہ کر سکتے تھے۔ چنانچہ 'فلائنگ جیک' میں رہنے والے سینیور کارڈیرو نے اپنے بوٹ کے مالک غلام قادر کے خلاف شکایت کر دی، جس سے اُن بوٹ والوں اور ہانجی لوگوں کی نظر میں مَیں اور بھی بڑا فرشتہ ہو گیا۔

پھر یہ 'سمغنی'، 'فلائنگ جیک' اور 'پن اَپ' جھیل میں ایسی جگہوں پہ کھڑے تھے کہ ایک طرف تو سامنے کی پہاڑی شنکر آچاریہ منظر کی خوبصورتی کو قتل کیے دیتی تھی اور دوسری طرف ڈل جھیل اور جہلم دریا کے بیچ کا لاکنگ سسٹم جذبوں کے سیلاب کا گلا گھونٹ دیتا تھا۔

البتہ سمغنی کی چھت سے بائیں طرف دور ہرمکھ سے ادھر کی پہاڑیوں میں کبھی کوئی سُرخ سفید پنچھی اپنے شُبک سے پروں پر تیرتا ہوا نیچے کی زمردیں ردادُں میں گم ہوتا، تو یوں لگتا' جیسے میری رتنا کے چہرے پر

کوئی شرارت کا خیال آیا اور نکل گیا۔

یہ رتنا کون تھی؟ .... کوئی نہیں۔

فلائنگ جیک کا سینئور کارڈیرو گواٹے مالا سے آیا تھا اور ٹوٹی پھوٹی امریکن انگریزی جانتا تھا۔ وہ ناٹے قد کا آدمی تھا، جس کا چہرہ کچے گوشت کی طرح سرخ اور پھولا ہوا تھا، جیسا کہ زیادہ شراب نوشی اور عیاشی سے ہوجاتا ہے۔ اُس کے پورے سر پر بال نہیں تھے، البتہ ماتھے پر ایک چھوٹا سا گچھا تھا، جو سینیوریتا کے ساتھ لڑائی کے بعد اور بھی چھوٹا ہوجاتا تھا۔

سینیوریتا کارڈیرو ایک دُبلی پتلی عورت تھی، جو ہمیشہ لنگری پہنے فلائنگ جیک میں اِدھر اُدھر جاتی ہوئی دکھائی دیتی تھی۔ اکثر دن کے وقت وہ کھڑکی میں اوندھی پڑی جھیل کے پانی میں اپنی انگلیوں کے کیکڑے چلاتی رہتی اور رات کو وہیں پڑی پڑی پانی میں چاند کا عکس دیکھا کرتی۔

مجھے اندازہ ہوا کہ یہ لوگ ہفتے بھر سے زیادہ یہاں نہیں رہیں گے، کیونکہ راتیں دھیرے دھیرے اماوس کی طرف لپک رہی تھیں۔

سینئور کارڈیرو کیوں تیسرے درجے کے ہاؤس بوٹ میں ٹھہرا؟ — یہ کوئی بھید بھری بات تھی۔ سامنے بُولے وارڈ پر یونائیٹڈ نیشنز کے کچھ افسر اپنی ٹوپیوں پر ہلکے نیلے رنگ کی پٹیاں جمائے ہوٹل پیلیس اور براڈے کو جاتے اور لوٹتے ہوئے دکھائی دیتے تھے۔ کبھی ان میں سے کسی کی جیپ بُولے وارڈ پر ہمارے سامنے کے حصے پہ رُکتی اور افسر اتر کر کنارے پر سے آواز دیتا — سینئور .... سینئور کارڈیرو وو ....

آواز گونجتی تو یوں معلوم ہوتا، جیسے کوئی کہے جا رہا ہے — رو رو

رو رو ...

ایک دن ایسی ہی آواز آئی اور میں نے دیکھا سینیوُرِیتا پانی سے اپنی انگلیوں کا کیکڑا نکال کر 'فلائنگ جیک' میں اندر کی طرف لپکی۔ لنگری میں اُس کے جسم کا بھُوتیا ڈھانچہ دکھائی دے رہا تھا۔

مجھے یوں لگا، جیسے پولے وارڈ پر کھڑے جنرل کو سینیوُر کے جواب کی ضرورت ہی نہیں۔ اُس نے پیٹھ ہماری طرف کر کے شنکر آچاریہ کی پہاڑی کو دیکھا، جہاں کہیں سے آئینے کا عکس کانپ رہا تھا۔ عکس کبھی دھیرے دھیرے ہلتا، کانپتا اور کبھی تیز تیز۔ وہ بجلی کی طرح ایک کھوہ میں گم ہو گیا، اور پھر لوٹ کر پہاڑی پر پھولوں کی ایک کیاری کو روشن کرنے لگا۔ پوست کے پھولوں کی سرخی اس روشنی میں ایک دم فلوریسینٹ ہو اٹھی تھی۔

جنرل نے مُڑ کر 'فلائنگ جیک' کی طرف دیکھا، ہاتھ اٹھا کر ٹوپی چھوئی اور جیسے سینیوُرِیتا کو سلام کرتا ہوا جیپ میں بیٹھ کر سرحدوں پر لگی 'آگ بجھانے' کے لیے چل دیا۔ اور میں ایک معمولی ہندوستانی کی طرح "اپنا کیا ہے؟" کے جذبے سے سرشار، مڑ کر سمفنی کے اندر گلدان میں پڑے سوکھے سڑے گلیڈی اولا کو نکالنے، پھینکنے اور گنگنانے لگا۔

ابر کیا چیز ہے، ہوا کیا ہے؟
جبکہ تم بِن نہیں کوئی موجود،
پھر یہ ہنگامہ اے خدا کیا ہے؟
کیا ہے .... ؟ کیا ہے؟ یہ کیا — کیا ہے؟

شہر میں ہنگامہ ہو رہا تھا۔ ایک طرف سے مولوی فاروق کے حواری

نکل آئے تھے اور دوسری طرف سے مندوبین کی بھاری تعداد، جو کسی کانفرنس کے سلسلے میں ریاست کے دور افتادہ علاقوں، جموں کی تحصیل اور کشتواڑ کی طرف سے آئی تھی۔ ان میں ٹوڈگرے تھے، پھر گوجر، بروالے، استقبالیے...

اس جمِ غفیر میں کالج کے طالب علم، یہاں تک کہ طالبات بھی بُرقعے دُرتے پھینک کر شامل ہوگئی تھیں۔ جب اتنے سارے لوگ ایک دم لال چوک، ریذیڈنسی روڈ کے نزدیک جمع ہوجائیں، تو تانگے کا دُھرا ٹوٹنا بھی جھگڑے کا بہانہ بن سکتا ہے۔ اور لڑکی کی تو بات ہی مت کیجیے جو اپنے وجود ہی سے اتنی خستہ اور بُھر بُھری ہوتی ہے کہ ہاتھ تو ایک طرف نظر ہی اُسے ریزہ ریزہ کر ڈالتی ہے۔ اُسے ہی نہیں، اُس قوم یا قومیت کی آبرو کو بھی، جس کی پیداوار ہونے کا اُسے شرف حاصل ہوتا ہے۔

یہ میں نے اپنے ہی ملک میں دیکھا ہے کہ لڑکی کی عزّت اتنا سماجی حیثیت نہیں رکھتی، جتنا سیاسی ـــــ ابھی پچھلے ہی دنوں ایک ہندو لڑکی کسی مسلمان لڑکے کے ساتھ بھاگ گئی تھی، جس سے ایکا ایکی ہندوؤں کی اقلیت کو خطرہ پیدا ہوگیا اور دے ڈیپوٹیشن پر ڈیپوٹیشن چیف منسٹر کے پاس جانے لگے۔ مرکز سے افسر لوگ جانچ کے لیے آنے لگے۔ اقلیت تو ایک طرف، اکثریت بھی ڈر سے، ملی جُلی فتح کے احساس سے کانپ رہی تھی۔ کیونکہ فتح اتنی مشکل نہیں، جتنا کہ اُس کے حصول کو برقرار رکھنا جوکھم ہے۔

اُس دن وادی کے سیکڑوں سال پُرانے چنار خاموش کھڑے اس نئی صورتِ حال کو دیکھ رہے تھے اور ہوا اُن کے سروں پر رکھی ہوئی راج ترنگنی اور للّا عارفہ کے صفحے اُلٹ رہی تھی...

ایسی حالت میں اگر میں کشمیر کے جمالیاتی حسن کا ذکر کردوں بھی، تو کیسے؟ میں ایک ہندو ہوں، ازل ہی سے بت پرست، جو دلّی کے ایک مضاف میں رہتا ہے۔ یہاں کشمیر کی خوبصورتی کا ذکر کرتا ہوں تو مجھے خود ہی یہ احساس ہونے لگتا ہے، جیسے میں کسی مسلمان لڑکی کو چھیڑ رہا ہوں، جس سے جھگڑا ہونے کا ڈر ہے اور ادھر کی اکثریت گلا گھونٹ کر مجھے مار دے گی۔ پھر سوچتا ہوں، ڈل، وُولر اور گگری بل کب سے مسلمان ہوئے؟ یہ سامنے کی پہاڑی شنکر آچاریہ ہے تو تختِ سلیمان بھی۔ اسلام آباد ہے، تو اننت ناگ نام بھی چل رہا ہے۔ پٹن کے پنڈت لوگ اس وقت بھی مٹن کھا رہے ہیں۔ پامپور کے زعفران کا رنگ اسلامی سبز کیوں نہیں؟ انسانی محنت اور آسمانی برکت وادی میں جو گیہوں اور شالی —— چاول کے دانے پیدا کرتی ہے، اُن کا ختنہ کرکے کیوں نہیں بھیجتی؟

ہاں، یہ سرپھرے پن، بے عقلی کی باتیں ہیں۔ لیکن اس عقل کے تعطل ہی کے سلسلے میں تو آدمی کشمیر آتا ہے، تہذیب کا پورا اشتور، شہروں کا کثیف دھواں پیچھے چھوڑتے ہوئے۔ اب اگر وہ اکیلا ہو اور اپنے من کے اندھیرے اور تنہائی سے گھبرا کر کہیں باہری خوبصورتی پر جھپٹ پڑے، تو اُس میں اُس ایک شخص کا قصور ہوا، پوری قوم کا کیسے ہو گیا! بات اخلاقی اور سماجی سے سیاسی کیسے ہو گئی؟

تعطل... آپ بچے سے کیوں کھیلتے ہیں؟ اس لیے نا کہ کچھ دیر کے لیے زندگی کا صرف ونحو بھول سکیں۔ شراب کیوں پیتے ہیں؟ اس لیے نا کہ وجود میں کچھ کم پڑتا ہے، یا پھر زیادہ ہو جاتا ہے۔ عورت سے محبت کیوں

کرتے ہیں ؟ اسی لیے نا کہ . . . . میں پوچھتا ہوں، بنا ان سب باتوں کے آپ جی سکتے ہیں ؟

یہ تعطل کشمیر میں دساور ہی سے نہیں آتا، یہاں کی اپنی پیداوار بھی ہے، ہوائیں اور نظارے جس کی پوری مدد کرتے ہیں۔ آدمی، مرغ کباب، بلکہ میں تو کہتا ہوں، کباب مرغ ہو تو بھی اُس کے بال و پر لوٹ آتے ہیں۔ برسوں سے سویا ہوا اجمال ایکا ایکی انگڑائی لے کر جاگ اُٹھتا ہے۔ ہرا بجلی رنگ کا ہرا ہو جاتا ہے اور سرخ، بجلی کا رنگ سرخ۔ اور محبت کے گہرے احساس سے آنکھیں چشمے اور جھیلیں ہو جاتی ہیں۔ جذبے ایک ازلی اور ابدی مسرت کے احساس سے شوخ و شنگ پہنے ڈونگوں اور شکاروں میں کہیں بھی چل نکلتے ہیں۔ جیسے ہی ڈل اور نگین کے کناروں پر بُنی ہوئی سفیدوں کی جھالر سے شکارا پرے جاتا ہے، پانی میں آسمان کی وسعت اور اس میں چھپی ہوئی ٹھنڈی، نیلی پرواز منعکس ہونے لگتی ہے۔ اگر بادل ہوتے ہیں، تو پھر شکارا نہیں ہوتا اور شکارا ہوتا ہے، تو بادل . . . . آنکھیں اپنے آپ بند ہونے لگتی ہیں۔ اور کان سماعت کی حدوں سے پرے کی سننے لگتے ہیں۔ پہلے تُمبک ناڑی سُنائی دیتی ہے، پھر سنطور۔ فضا میں ایکا ایکی زیر نغمے اور رُت جاگ اُٹھتے ہیں اور الفاظ معنی کی تلاش میں دور نکل جاتے ہیں۔ پھر گلریز اور مہجوری کہیں گھاٹیوں، پہاڑیوں میں سے ڈھونڈ ڈھونڈ کر انھیں واپس لاتے ہیں . . .

اُس دن جب حمدیا بازار سے پیاز گوشت لایا، تو اُس کی حالت

ہی دوسری تھی۔ اُس کے پاؤں زمین پر یقینی انداز سے نہ پڑ رہے تھے۔ معلوم ہوتا تھا، جیسے وہ بہت زیادہ تمباکو پی گیا ہے، یا کوئی ایسا نشہ کیا ہے، جس سے اُس کے ہاتھ کی انگلیوں میں رعشہ پیدا ہو گیا ہے۔ ہو سکتا ہے، وہ زینب سے ملا ہو...

زینب حمدیا کی معشوقہ تھی اور رہتبہ کدل کے پاس اپنے آبائی مکان میں رہتی تھی۔ ایک منتظم لیڈر، جس کا نام شاید غلام رسول تھا، کی معرفت اس کے باپ کو پیغام بھیجا گیا، جو تھوڑی لے دے کے بعد منظور ہو گیا۔ پھر حسب معمول بنڈ نوٹ میں چینی سے بنا ہوا ایک بڑا سا طشت بانٹا گیا۔ شال دی گئی۔ خدا اور رسول ہوا۔ مگر نشانی کی تاریخ تک پہنچتے پہنچتے سب کباڑا ہو گیا۔

بات یہ ہوئی کہ بیچ میں زینب کا میرا بھائی کود پڑا، جو یہیں سامنے کے ہوٹل میں بیراگری کرتا تھا۔ افلاس اور عشرت اُس میں گلے ملی تھیں۔ مگر شریعت کی رو سے اُس کا زینب پر حق زیادہ تھا۔ چونکہ قسمیں لی جا چکی تھیں، شیرینی بٹ چکی تھی، اس لیے معاملہ قاضی کے پاس پہنچا۔

فریقین میں صلح کرانے کے سلسلے میں ایک تیسری ہی بات ہوئی جس کا ذکر کرتے ہوئے بھی گھن آتی ہے ... دیکھیے آپ اصرار نہ کیجیے ... ایسی ہی بات ہے، تو پھر سنیے ... — اٹھارہ انیس برس کی زینب اپنے ماں باپ کی ایک ہی اولاد تھی۔ ان کی تمام جائیداد کی وارث، جو دو مکانوں اور شالٹینگ کے پاس بیس ایک بیگھا زمین پر مشتمل تھی اور جو چوری چھپے وڈداری میں دی ہوئی تھی۔

زینب حمدیا کے لیے گوشتابہ ہوگئی —— دودھ میں پکا ہوا گوشت، جو ایک طرف تو بہت ہی لذیذ ہوتا ہے اور دوسری طرف کشمیری طعمہ کا آخری حصّہ۔ جب اُسے مہمان کے سامنے پیش کیا جاتا ہے، تو وہ سمجھ جاتا ہے کہ اُس کے بعد اور کچھ نہیں آئے گا۔

صلح کرانے والے "قاضی صاحب نے ایک دن اس کھانے کو دیکھ لیا، جب کہ وہ ڈھکا ہوا نہیں تھا اور . . .

اب زینب کو حمدیا قبول کرتا ہے اور نہ اُس کا میرا بھائی، ممّا۔ ہاں، جب زمین جائیداد کی وجہ سے ممّا مان جاتا ہے، تو حمدیا تن کے کھڑا ہو جاتا ہے اور قانون کے سب کاغذ وغیرہ نکال لاتا ہے اور اگر حمدیا اُسے نکاح میں لینے پر راضی ہو جاتا ہے، تو ممّا حقِ شفعٰی کی عرضی دے دیتا ہے۔ قاضی محلّہ بدر ہو چکا ہے اور زینب مکان کے بخارچے میں بیٹھی ایک ایسی شال پر باریک کام کر رہی ہے، جس کا کوئی گاہک نہیں . . .

میں نے حمدیا کو سمجھانے کی کوشش کی —— دیکھو حمدیا، اس میں اس غریب زینب کا تو کوئی قصور نہیں . . . !

حمدیا نے میری طرف یوں دیکھا، جیسے میں لاطینی میں بات کر رہا ہوں۔ بالکل غیر متعلق طریقے سے اس نے بات شروع کی —— آپ نہیں جانتے، مہاراج ؟

—— میں ؟ . . . میں کیا نہیں جانتا ؟

—— آج کا قتل ! ؟

—— قتل ؟ کس کا ؟ کس نے ؟ کون ؟ میں نے ایک دم اٹھتے

ہوئے کہا... میز سے نیچے اخروٹ کی لکڑی سے بنی ہوئی کرسی تڑخ گئی۔
کیا زینب ....؟

—— زینب نہیں —— ایک آدمی، سامنے ہوٹل میں ٹھہرا تھا۔

—— پھر؟

—— اس کا کٹا ہوا سر وہاں چار چناری میں ملا اور دھڑ ہوٹل کی ٹٹی میں۔

—— نہیں!

—— ہاں مہاراج!

میں نے گھوم کر دور، بائیں طرف چار چناری کی طرف دیکھا، جو جھیل ڈل کے ٹھیک بیچ ایک چھوٹے سے ٹاپو کی شکل میں تھی اور جس پر چنار کے چار پیڑ کھڑے تھے۔

دن کے وقت لوگ وہاں پک نک کرتے اور چاندنی راتوں میں رومانٹک جوڑے دودھ اور پانی کے چھینٹے اڑاتے... وہاں، چار چناری میں کٹا ہوا سر... اب وہ جگہ میرے لیے کبھی رومان پرور نہ ہوگی، حالانکہ میرا ارادہ تھا کہ ایک دن...

سامنے بولے وارڈ پر جیپ نیلا سفید جھنڈا لہراتے ہوئے نکل گئی۔ پھر ایک ٹورسٹ بس گزری، جو شاید مرد عورتوں کو نشاط، شالیمار کی طرف لے جا رہی تھی۔ ایک تانگہ رکا اور اس میں سے سیر کرنے والے کچھ لوگ نکلے اور سمفنی کے سامنے والے اڈے کی طرف مڑے۔

انھیں دیکھتے ہی شکارے والوں نے اپنے اپنے چپو چلانے شروع

کر دیے اور کشتیوں کو کنارے کی دلدل اور پتھروں میں یوں کھبو دیا، جیسے مہمان لوگ کھانا کھانے کے بعد خلال سپھر سے اسٹینڈ میں کھبو دیں۔ شکارے والے زندگی اور موت سے بے خبر گاہکوں کے لیے جھپٹ رہے تھے۔ ایک دوسرے سے لڑ رہے تھے۔ گالیاں بک رہے تھے . . . ڈل سا، ہٹیا رمضانہ ! چھٹس . . .

—— مقتول شخص کون تھا ؟ میں نے حمدیا سے پوچھا۔

—— سنتے ہیں آندھرا کا تھا۔

—— ہندو ہوگا ؟

—— راجو نام تھا۔ ہو سکتا ہے، معراج دین ——

—— نہیں۔

—— میری ناامیدی بڑھ گئی —— نہیں، وہ ہندو ہوگا، ضرور ہندو ہوگا . . . میں نے جنکارا۔

حمدیا اور میں، دونوں ہی ایسے آدمی تھے جو حالات میں بد سے پہلے بدترین کو دیکھ لیتے ہیں۔ اُس کے خیال ہی سے ڈرتے، کپکپاتے ہیں۔ لیکن آخر اسی میں سنسنی آمیز تسکین پاتے ہیں۔ یہ چار چناری . . . . میں تو کبھی رتنا کو وہاں نہ لے جا سکوں . . .

رتنا کوئی نہیں تو کیا ؟ کبھی تو ہوگی . . . یہ ملک، کشمیر جس کے بارے میں کچھ کہتے ہی اُس کا حُسن محدود ہو جائے، یا میری ماں کے سیدھے سادے لفظوں میں —— اتنا خوبصورت، جتنا کہ کوئی جھوٹ بولے . . . اور اس میں ایک کٹا ہوا سر، جیسے کسی شریف گھرانے کی عورت نے کوئی نہایت ہی غلیظ گالی بک دی۔

سامنے کی تیرتی ہوئی کھیتی اور قریب آ گئی تھی۔ ابھی دو تین دن پہلے وہ کچھ نہیں تو سات آٹھ فٹ پرے تھی اور اب مشکل سے چھ انچ۔ ہم سمفنی سے اُس پر لپک سکتے تھے اور کرسی رکھ کر اس پر بیٹھے ہوئے دھوپ تاپ سکتے تھے۔ پیری میسن یا پلے بوائے پڑھ سکتے تھے... تعطل... اخبار پڑھ سکتے تھے، مگر نہیں... اُس میں قتل کی خبر ہوگی... کشمیر میں قتل...

مرڈر ان دی کیتھیڈرل!

تبھی مجھے کچھ یاد آیا اور میں نے حمدیا سے پوچھا — کس نے کیا یہ قتل؟ کیوں کیا؟

حمدیا نے کوئی جواب نہ دیا

— کیا کسی لڑکی کی بات ہے؟ میں نے پوچھا۔ حمدیا نے 'ہاں' میں سر ہلا دیا۔

— مسلمان لڑکی؟

حمدیا نے پھر کوئی جواب نہ دیا، جس کا مطلب تھا — ضرور وہ مسلمان ہوگی۔ اب یہاں آٹے میں نمک کے برابر ہندو کیسے بچیں گے؟ میں ہی بے وقوف ہوں، جو یہاں کی بہت ہی ابتر حالت کو دیکھتے ہوئے بھی چلا آیا۔

مان لو دنگا نہ بھی ہو، تو ہو سکتا ہے دشمن الپتھر، گل مرگ کی ردا ورل میں سے ہوتا ہوا ٹنگمرگ اور اننت ناگ یا اسلام آباد کی طرف پھیل جائے اور وطن کو بھاگنے کی ایک ہی سڑک کو کاٹ دے۔ ہوائی جہاز سے کتنے لوگ جا سکیں گے؟ مگر نہیں، فوج کے جیالے بھی تو ہیں، جو اولوں اور برف کے بیچ میں ڈٹے ہوئے سرحدوں کی حفاظت کر رہے ہیں...

بہت کُریدنے پر مجھے پتہ چلا کہ مقتول راجو کی بیماری، عقل کا تعطل، ایک خطرناک صورت اختیار کر گئی تھی۔ تیسرے درجے کی ٹی بی یا کینسر کی طرح۔ طوائفوں کا بازار — ناشادان تو قانوناً بند تھا، اس لیے بیرا اُسے اپنی پہچان کی کسی دھندے والی کے پاس لے گیا، جہاں اُس نے جیب سے نوٹ نکالے، جو گنتی میں تین ہزار کے قریب تھے اور اُس بیرے نے دیکھ لیے۔ پھر جب وہ اپنے ہوٹل کو لوٹ کر آیا، تو وہی — دھڑ ہوٹل کی ٹنکی میں اور سر چار چناری میں ...

یکایک مجھے ایک خیال آیا اور میں نے حمدیا سے پوچھا — کون تھا، کون تھا وہ بیرا؟

حمدیا نے ہچکچاتے ہوئے کہا — ممّا۔

— کہاں لے گیا تھا اُسے ؟

اب حمدیا کے ہونٹ بھی کانپ رہے تھے۔

یہی تو ہے نہ کشمیر، جہاں کی بدصورت سے بدصورت چیز بھی ایک خوبصورت پس منظر لیے ہوتی ہے۔ تھانہ بھی ایک پہاڑی کی گود میں تھا، جہاں گلاب کی کیاریوں کے بیچ ایک چھوٹا سا راستہ بل کھاتا ہوا اوپر ہی اوپر جاتا نظر آتا تھا۔ میں اب تک اتنا ڈر چکا تھا کہ خطرے کے بیچ میں پہنچ گیا... یہ دیکھنے کہ ننگا ہوتا ہے، یا نہیں؟ انسان کا کٹا ہوا سر کیسا دکھائی دیتا ہے؟! ...

انسپکٹر غلام یزدانی چھ فٹ کا ایک لچکیلا مگر مضبوط آدمی تھا۔ اُس کی ناک بہت تیکھی اور رسیلی تھی اور کناروں سے ایک دم سُرخ اور نمناک دکھائی دیتی تھی۔ وہ مجھے بڑے تپاک سے ملا، جس سے اس

بات کی تائید ہوئی کہ ٹورسٹ لوگ کیسے بھی ہوں خلوص سے پیش آنا ہر کشمیری اپنا فرض سمجھتا ہے —

راجو کا سر ایک منقش تھالی میں رکھا تھا۔ اُس کی آنکھیں کھلی تھیں... پتھرائی ہوئی، مردہ آنکھیں، جن میں کسی چیز کا عکس نہیں پڑتا۔ سپاٹ، کالے رنگ کے چہرے کی وجہ سے آنکھوں کی سفیدی اور بھی سفید دکھ رہی تھی۔ ڈور دل تک سے خون نچڑ چکا تھا...

یہ ماں کا لال، کشمیر میں سیر کی غرض سے آیا تھا! جب گھر سے چلا ہوگا، تو اسے کیا پتہ ہوگا؟... سنسناتے ہوئے تار اُس کے قتل کی خبر اس کے سگے سمبندھیوں تک پہنچا چکے ہوں گے... تبھی میں نے دیکھا کہ سر کو دیکھنے کے لیے جمع لوگوں میں سے ایک آدمی ڈر کر پیچھے ہٹ گیا، پھر دوسرا ہٹ گیا۔

مجھے اس کی وجہ سمجھ میں نہ آئی۔ انسپکٹر غلام یزدانی مسکرا رہا تھا۔ ٹھیک ہی تھا۔ پولس والوں کے لیے یہ روزمرہ ہے۔ اُس نے ہنستے ہوئے مقتول کا منہ میری طرف کر دیا۔ اب وہ کٹا ہوا سر مجھے گھور رہا تھا۔ مجھے اچانک یوں لگا، جیسے وہ کہہ رہا ہے — میرا قتل تم نے کیا ہے، تم نے...! میں ایک دم پیچھے ہٹا اور اُس مہذب انسپکٹر کو سلام دعا کیے بنا وہاں سے بھاگ آیا۔

میں نے کافی ہاؤس میں کافی پی۔ ریڈیو اور اُس کی ڈراما یونٹ کے کچھ لوگوں سے ملا۔ کچھ جرنلسٹوں اور پروفیسروں سے بات کی۔ احدو کے یہاں کھانا کھایا، حالانکہ کھانا میں پہلے بھی سمفنی میں کھا چکا تھا۔

پھر میں بندھ پر ٹہلنے کے لیے نکل گیا۔ یہاں کئی رتنائیں شوخ اور بھڑکیلے کپڑے پہنے گھوم رہی تھیں۔ اُن میں سے ایک نے لال رنگ کا سوئیٹر پہن رکھا تھا۔ میں نے اُسے دیکھا اور انکار میں سر ہلا دیا۔۔۔ انسان کتنا ہی سر پٹخے، خون کے رنگ سے زیادہ سرخ رنگ نہیں پیدا کر سکتا۔ پھر ڈاک خانے جا کر دیکھا، میرے نام کا کوئی خط آیا ہے، یا نہیں؟۔۔۔ کسی کے بیٹے کے منڈن کا دعوت نامہ تھا۔ جو ری ڈائریکٹ ہو کر یہاں پہنچ گیا۔ ایک بات میں نے دیکھی کہ میں جہاں بھی جاتا تھا لوگ اسی قتل کی باتیں کرتے تھے اور اس کے بعد مجھے دیکھ لیتے تھے، جیسے۔۔۔

میں نے پہلے سے سینیور کارڈیرو کا ڈنر منظور نہ کیا ہوتا، تو کبھی فلائنگ جیک میں نہ جاتا، جس کے عین مین سامنے وہ ہوٹل ہے، جس میں مقتول آکر رہا۔ راجو کا سر اور اُس کی آنکھیں میرے دماغ کی فوٹو پلیٹ پر کچھ یوں نقش ہو گئی تھیں کہ ماضی کی خوبصورت اور بدصورت یادیں اور مستقبل کی امید و بیم بھی انھیں نہ مٹا سکتی تھیں۔ اُسے حال ہی دھو سکتا تھا۔۔۔ کوئی اور منظر دیکھوں، کچھ اور لوگوں سے ملوں، لیکن ہر ایک منظر، ہر ایک چہرے پر وہی کٹا ہوا سر سپر امپوز کیا ہوا دکھائی دیتا تھا۔

سینیور کارڈیرو نے کچھ اور بھی مہمان بُلا رکھے تھے۔ اُن میں سے کچھ یونیورسٹی کے پروفیسر تھے اور علی گڑھ سے آئے تھے، طالب علموں کو اُردو پڑھانے، کیونکہ کشمیر کی سرکاری زبان اُردو ہے، مادری چاہے کچھ بھی ہو۔ کچھ سیاسی قسم کے لوگ بھی تھے، جن میں زیادہ باہر سے آئے

تھے. ایک ریاست کی اسمبلی کے سپیکر کا چچا تھا، جو اپنے طریقے سے کشمیر کا ایک چھوٹا موٹا لیڈر تھا۔ ایک تیس بتیس سال کی سلونی سی ہندو عورت تھی ـــ مسز داس، جس کا پتہ نہ چلتا تھا کہ وہ پنجابن ہے یا بنگالن۔

یہ نہیں کہ مسٹر داس نہیں تھے۔ وہ بھی تھے۔ لیکن صرف تھے. مسز داس اور سینیورتیا مل کر ایک ایسی زبان میں باتیں کر رہی تھیں جو الفاظ سے بے بہرہ ہوتی ہے۔ وہاں کا ڈرائینگ روم ہمارے سمفنی کے ڈرائینگ روم سے تھوڑا بڑا تھا۔ اور اسی میں وہسکی کے ساتھ کھانے پینے کی چیزیں دی جا رہی تھیں۔

سینیورتیا نے آج ایک ساڑھی پہن رکھی تھی، جس نے اُس کے جسم کے جملہ عیوب کو ڈھک دیا تھا۔ اور اب وہ جذبہ خیز عورت نظر آتی تھی۔ ایک بات مجھے حیران کیے دے رہی تھی اور وہ یہ کہ سینیورتیا کھانے کی کوئی چیز کسی بھی مہمان کے سامنے رکھتی، تو روسی زبان کا ایک لفظ ضرور استعمال کرتی ـــ پشر الستہ . . .

سینیورتیا کارڈیرو، اور یہ پشر الستہ ؟!

کیا سینیورتیا ایک روسی عورت تھی، جو اپنے ملک سے بھاگ کر امریکہ، گواٹے مالا چلی گئی تھی ؟ یا سینیور . . . ؟ مگر یہ سب شخصی سوال تھے، جنھیں میں پوچھ نہیں سکتا تھا۔ البتہ ایک اور بات، جس نے مجھے حیران کر دیا، وہ یہ تھی کہ سینیور کشمیر کے پھول پتّوں، کیڑے مکوڑوں، مچھلیوں اور جانوروں کے بارے میں کسی بھی کشمیری سے زیادہ جانتا تھا۔ مزے کی بات یہ کہ ایک گاؤں (کہ وہ کہاں پر بسا ہے) کے سلسلے میں چیچہ صاحب سے بحث ہو گئی۔

سینئور کہہ رہا تھا کہ وہ گاؤں اُڑی، چکوٹھی کے پاس جہلم دریا کے دائیں کنارے پر بسا ہے اور جیمپ صاحب کے مطابق بائیں پہ۔ آخر جانچ پڑتال کی گئی۔ نقشے منگوائے گئے اور پتہ چلا کہ سینئور کارڈیرو ٹھیک کہتا ہے۔ تب میرے دل نے مجھ سے بیسوں سوال کر ڈالے۔ کیا حاکم لوگ جانتے ہیں کہ یہ آدمی کون ہے؟ کہاں سے آیا ہے؟ کشمیر کے بارے میں اتنی جانکاری رکھنے کی کیا وجہ؟ ایک اور بات۔ کارڈیرو نے نیلی پٹی والے جنرل کو کیوں نہیں بلایا؟ کیا اس لیے کہ وہ لوگ صرف آئینے ہی کی زبان سمجھتے ہیں؟

ان لوگوں میں ایک سیدھا سادہ کشمیری بھی تھا، جو اپنے سر پر کالے رنگ کی کراکلی ٹوپی پہنے بیٹھا تھا۔ معلوم ہوتا تھا وہ کوئی دیہاتی ہے، اتفاق سے جس کی فصل اب کے سال اچھی ہوئی ہے۔ مگر اُس کو یہاں کے اتنے پڑھے لکھے لوگوں میں بُلانے کا مطلب؟

وہ مجھ سے غلام رضا کے نام سے متعارف کرایا گیا۔ اور میں اُن کشمیریوں کے بارے میں سوچنے لگا، جو اب تک مجھ سے ملے تھے، یا جن کا نام میں نے سنا تھا —— غلام ہمدانی، غلام محمد (ممّا)، غلام علی... یہاں کیا خاندانِ غلاماں اکٹھا ہو گیا تھا؟

پھر وہی کٹا ہوا سر، جس کی یاد کشمیر کے سیاسی نزاع نے بھلا دی۔ سب اسی اطمینان کے ساتھ کہ شہر میں دنگا نہیں ہوا، کشمیر کے ماضی و مستقبل کے بارے میں لے دے کر رہے تھے۔ ایک کہہ رہا تھا کہ

استصواب رائے سے کشمیر پاکستان کو جانا چاہیے۔ دوسرا برس پڑا ــــــ اس میں استصواب رائے کا سوال ہے یا دستور کا؟ ... مسز داس نے ایک اور ہی بات شروع کردی ــــــ کیوں چھوڑ دیں؟ ہم کشمیر کیوں چھوڑ دیں؟ کیوں بیکار جانے دیں اُن کروڑوں، اربوں کو، جو ہم نے یہاں کے ڈیفنس کے لیے خرچ کیے ہیں؟ مسز داس یوں ظاہر کر رہی تھیں، جیسے کسی نے اُن کے پرس سے پیسے نکال کر اُسے خالی کر دیا ہے۔ اُن کی یہ بات عورت ہونے کے ناتے معاف کر دی گئی ــــــ

مسٹر داس، جو اپنے کوٹے سے زیادہ پی گئے تھے ہُنکار اُٹھے ــــــ انجو! تم عورتیں صرف ایک ہی کام کے لیے بنی ہو...!

اس پر جب سینیورِیتا نے بھی صدمے سے چھاتی پر ہاتھ رکھ کر 'ہو' کہا، تو مسٹر داس نے مسکرا کر اُس کی طرف دیکھا اور بولا ــــــ پیار کے لیے! پھر زیادہ پیے ہونے کی وجہ سے وہ پیار لفظ کا ہر ایک غیر ملکی زبان میں ترجمہ کرنے لگا ــــــ آمور، لیبلوٗ، حُبّ...!

سینیورِیتا چھاتی پر ہاتھ رکھے فرانسیسی لہجے میں کہہ رہی تھی ــــــ نیوول، مسٹر داس، ویری نیوول ... اور مسز داس کا چہرہ غم و غصّے سے لال ہو رہا تھا۔ معلوم ہوتا تھا کہ وہ گھر یعنی ایم، پہنچ کر مسٹر داس کی خوب ہی پٹائی کرے گی۔

باتیں چل رہی تھیں ــــــ ایک کلمہ، ایک قرآن، ایک نبی... اور آپ کا سب پروپیگنڈہ بیکار ... کیوں نہ کشمیری لوگ ہندوستان کو گالی دیں؟ وہ جان گئے ہیں نا، گالی دیں گے، تو پیسہ ملے گا... یہ سب غلطی پنڈت جی کی ہے۔ شروع ہی میں وہ جرنیلوں کے ہاتھ نہ روکتے، تو کبھی

کا فیصلہ ہو چکا ہوتا ... آرٹیکل ۳۷۰ ... پاکستان سے آئے ہوئے سبھی مہاجرین کو یہاں کشمیر میں بسا دیتے، تو ... سردار پٹیل نہ ہوتے، تو ہندوستان کبھی کا بلقایا گیا ہوتا ...

—— وہ تو بادشاہ ہونے کے خواب دیکھ رہے تھے، شیخ صاحب ...

—— اجی ہٹاؤ، بخشی صاحب نے ڈنڈے سے حکومت کی۔ کشمیری ایک ہی زبان سمجھتا ہے اور وہ ہے ڈنڈے کی زبان۔ ایسے ہی تو نہیں تواریخ میں کشمیری کو ظلم پرست کہا گیا؟ صادق صاحب ٹھیک ہی تو کہتے ہیں —— جس چیز کو دبایا جائے گا، وہ اور ابھرے گی۔ کیوں نہ اُسے منظرِ عام پہ لا کر تحلیل کر دیا جائے؟ پھر پرتاپ سنگھ، شیاما پرساد مکھرجی، ڈیبس فیلڈ، ملکہ پکھراج، ہری سنگھ ... ہر طرح کی باتیں ہو رہی تھیں۔ خطرناک اور خطرے سے خالی، ہر ایک شخص یہ سمجھ رہا تھا کہ کشمیر کی جملہ بیماریوں کا علاج اُس کے پاس ہے۔ اُن سب میں سے صرف غلام رضا چُپ تھا۔ جب بھی کوئی بات کرتا، تو وہ اپنا سر اُس کی طرف موڑ لیتا اور خالی خولی نگاہوں سے اُس کی طرف دیکھنے لگتا۔ میں نے بات شروع کی —— میرا خیال ہے ...

تبھی غلام رضا نے اپنی نظریں میرے چہرے پر گاڑ دیں۔ اور میں بھول ہی گیا، میں کیا بڑی بات کہنے جا رہا تھا؟ جیسے پروفیسر کول نے میری بات کاٹی، رضا نے اُس کی طرف دیکھنا شروع کر دیا۔ ویسے ہی خاموش، ویسے ہی جامد، ویسے ہی ساکت، غیر معکوس انداز سے ... ایک ٹھنڈا پسینہ میری پیشانی پہ دوڑ گیا۔ جی چاہا کہ اُٹھوں اور ایک

دم پیچ کر کہوں — بولو . . . رضا' یاہتنز! بولو' تم بھی تو کچھ بولو...!
میں نے اُس کا نام ہی لیا تھا کہ اس کی نظروں کی بے نور' مردہ اور بے رحم ٹکٹکی مجھ پر تھی۔ میں نے سینئور سے معافی مانگی اور نہ سینئورتا سے اور وہاں سے بھاگ کھڑا ہوا —

اگلے ہی روز میں دلّی میں تھا' جہاں میری طرف کوئی نہیں دیکھتا...

صرف ایک سگریٹ

سنت رام کی آنکھ کھلی تو اس وقت چار بجے تھے، صبح کے۔

ساتھ کے بستر پہ دھوبن سو رہی تھی — ایک پہلو پہ۔ دھوبن سنت رام اپنی بیوی کو کہتا تھا۔ اس کا نام اچھا بھلا دیبی تھا لیکن سنت رام اسے اسی نام سے پکارتا تھا کیوں کہ وہ لانڈری میں کپڑوں کی دُھلائی کے بہت خلاف تھی۔ گھر میں نوکر چاکر، پرماتما کا دیا سب ہوتے سوتے وہ رومال سے لے کر بھاری بھاری چادریں تک گھر ہی میں دھوتی تھی۔ جب تھک جاتی تو سب سے لڑتی اور لانڈری کے خرچ سے بہت ہنگی پڑتی۔ پھر رات کو سونے سے پہلے وہ ہمیشہ دبائے جانے کی فرمائش کچھ اس انداز سے کرتی کہ فرمائش اور حکم میں کچھ فرق ہی نہ رہتا۔ دبانے کی اس مصیبت سے سنت رام تو کیا، دھوبن کے بچوں تک تو چڑ تھی۔ کوئی پانچ نہیں تو حد دس منٹ دبوائے لیکن یہ کیا کہ کوئی گھنٹے بھر سے ادھر چھوڑنے کا نام ہی نہ لے۔ عجیب تماشا ہوتا تھا۔ آخر دبانے والے کو خود بے دم ہوکر لیٹ جانا پڑتا تھا۔ ایک

دن بڑی بیٹی لاڈو کے ساتھ یہی معاملہ تو ہوا۔ ماں کو دبانے کے بعد وہ ہانپتی ہوئی پلنگ کے ایک طرف جا گری اور بولی —— اب تم مجھے دبا دو، ممی!

پھر اس دبنے دبوانے کے سلسلے میں ایک اور بڑی مصیبت تھی دھوبن کو پتہ ہی نہ چلتا تھا کہ اسے درد کہاں ہو رہا ہے۔ جہاں ہاتھ رکھو، درد ہمیشہ اس سے تھوڑا پرے ہوتا تھا۔ اور یوں جگہ ڈھنڈواتے ڈھنڈواتے وہ سارا بدن دبوا لیتی تھی۔ کوئی کہے یہ اس کی چالاکی تھی تو ایسی بات نہیں۔ اُسے واقعی پتہ نہ چلتا تھا اور آخر یہ فیصلہ ہوتا کہ سارا بدن دُکھ رہا ہے۔ اچھا، دھوبن کو دبوانے کا ہی نہیں دبانے کا بھی شوق تھا۔ اشارہ تو کرو اور وہ تیار۔ البتہ یہ کام اس سے کوئی کم ہی کرواتا تھا کیونکہ اس کا ہاتھ کیا تھا، مستری کی پکڑ تھی جس سے وہ اچھے بھلے آدمی کے نٹ بولٹ کستی اور اس کی ڈھبری ٹائیٹ کر دیتی تھی۔ اس کے بازوؤں کی گرفت نہ صرف مردانہ بلکہ پہلوانانہ تھی۔ یوں معلوم ہوتا تھا جیسے وہ آدمی کو نہیں دبا رہی، کوئی بیڈ کور نچوڑ رہی ہے۔ سنت رام تو اس کے دھوبی پاٹے سے بہت گھبراتا تھا۔ دھوبن —— ہاں، سنت رام نے اس کا یہ نام اس لیے بھی رکھا تھا کہ بچپن میں اس کو سیر بین میں بارہ من کی دھوبن دیکھی تھی جو نیم برہنہ حالت میں، پہلو پہ لیٹی، ہاتھ میں مور کے پروں والا پنکھا لیے ایک بھرپور عورت معلوم ہوتی تھی۔ سیر بین والا اپنے ڈبے پہ گھنگھرو بجاتا ہوا گلی میں آتا تھا اور آواز دیتا تھا۔ پیرس کی رات دیکھو، اپنی بارات دیکھو..... اور پھر ٹیون بدل

کر— دھوبن دیکھو بارہ من کی، گوری چٹی آہا تن کی — آہا! ....
اور سب بچے ماؤں سے ایک ایک پیسہ لاکر اس جادو کے بکس والے کے ہاتھ میں دیتے ہوئے اپنا چہرہ اور آنکھیں سیر بین میں ٹھونس دیتے تھے اور نظاروں سے پورا پورا لطف اٹھاتے تھے۔ پیرس، بارات، سفید ریچھ، سرکس کے جوکر کے بعد جب دھوبن آتی تھی تو بچوں کو کچھ پتہ نہ چلتا تھا وہ سوچتے دھوبن کیوں اس بکس میں قید کر رکھی ہے؟ مہینہ پہلے بھی وہ ایسے ہی لیٹی ہوئی تھی اور آج بھی لیٹی ہوئی ہے۔ ایک پہلو پہ لیٹے لیٹے کیا وہ تھک نہیں جاتی؟ دھوبن ایک نامحسوس طریقے سے بچوں کو اچھی لگتی تھی۔ وہ دماغ میں گھس جاتی تھی اور کہیں پندرہ بیس برس کے بعد باہر نکلتی۔

ساتھ کے کمرے میں لاڈو، سنت رام کی مشدودد (اس کی لغت میں شادی شدہ) لڑکی جو ایک روز پہلے اپنی سسرال سے آئی تھی، سو رہی تھی۔ کچھ ایسی بے خبری میں، جیسے اس کا کوئی میاں ہی نہ ہو۔ اس کا منہ کھلا ہوا تھا کیونکہ رات کے پہلے پہر کینے بابی، اس کے بچے نے اسے سونے ہی نہ دیا تھا۔ اور جب اسے نیند آئی تو سانس لینے کے لیے زیادہ ہوا کی ضرورت پڑی۔ لاڈو جیسے شادی کے چھ برس پہلے تھی، ویسے ہی اب بھی تھی۔ بات کرنے میں منہ سے پانی کی پھوار سننے والے کے منہ پر پڑتی تھی۔ جیسے وہ رو کھتی، ویسے ہی من بھی جاتی۔ سنت رام اور دھوبن کو یہی فکر تھی۔ یہ اتنی بھولی بیٹی ہماری بسے گی کیسے؟ اسے کوئی مشکل پسند میاں مل گیا تو مصیبت ہوگی۔ لیکن اسے میاں جو ملا تو اس نے کوئی شرط ہی نہ پیش کی۔ اور نہ اب پیش کرنے کا کوئی ارادہ

رکھتا تھا۔ اِدھر اس گھر میں ماں باپ کی ناچاقی، اُدھر لاڈو کی سسرال میں والدین کی کثرتِ محبت یا ایسے ہی دنیا کے مشترک ڈر نے دونوں میاں بیوی کو ایک مضبوط رشتے میں باندھ رکھا تھا۔ بہادر دونوں اتنے تھے کہ گھر میں چوہا نکل آنے پر بھی چیختے چلاّتے۔ایک دوسرے کی پناہ ڈھونڈنے لگتے تھے۔ سنت رام ان کے چڑیا کا سا دل رکھنے پر بہت خوش تھا کیوں کہ وہ جانتا تھا کہ بہت سے منفی جذبے زندگی کے لیے کتنے اچھے ہوتے ہیں۔ مثلاً ڈر، کنجوسی، شرم وغیرہ۔ لیکن یہ ڈر تو اولاد دل تک منتقل ہو رہا تھا۔ لاڈو کے ساتھ اس کا منا یا بی سویا ہوا تھا — ماں کے گلے میں بانہہ ڈال کر، جب ذرا نیند کھلتی تو اس کے کان ملنے لگتا، جانے یہ کیا عادت تھی اس کی، جسے صرف اس کی ماں ہی برداشت کر سکتی تھی۔ سنت رام نے جب بھی محبت کے جذبے سے معمور ہو کر ددہتے کو ساتھ سلایا تو تھوڑی ہی دیر میں گھبرا کر اسے اُٹھاتے ہوئے پھر اس کی ماں کے ساتھ ڈال دیا۔ سوتے میں بانہہ گلے میں ڈالنے کی بات اتنی نہ تھی۔ البتہ جب وہ اپنے لجلجے ہاتھوں سے کان مسلنے لگتا تو عجیب سی گدگدی ہوتی اور کبھی یوں معلوم ہونے لگتا جیسے کوئی کنکول کان میں گھس رہی ہے۔

چھوٹے دو بچے، لڑکا اور لڑکی اپنے ماموں کے ہاں گڑگاؤں گئے ہوئے تھے۔ ان کے بستر خالی پڑے ہوئے بیکاری کے عالم میں پڑے چھت کو تکا کرتے۔ بڑا پال یہیں تھا، جس کے خراٹے سنائی دے رہے تھے۔ کیسے دیکھتے دیکھتے وہ بڑا ہو گیا تھا، اور سنت رام کے تسلط سے نکل گیا تھا۔ پہلے سنت رام اسے اس کی غلطی پر ڈانٹتا

تھا تو وہ مختلف طریقوں سے احتجاج کرتا تھا۔ ماں سے لڑنے لگتا، چائے کی پیالی اُٹھا کر کھڑکی سے باہر پھینک دیتا لیکن اب وہ باپ کی ڈانٹ کے بعد خاموش رہتا تھا جو بات سنت رام کو اور بھی کھل جاتی۔ سنت رام چاہتا تھا کہ وہ اس کی بات کا جواب دے اور جب وہ کہیں جواب دے دیتا تو سنت رام اور بھی آگ بگولا ہو اُٹھتا۔ وہ چاہتا تھا بیٹا اس کی بات کا جواب دے اور نہیں بھی چاہتا تھا۔ وہ نہیں جانتا تھا کہ آخر وہ چاہتا کیا تھا؟ سنت رام نے اپنے بیٹے پال کے سلسلے میں اپنی زندگی کا آخری چانٹا کوئی چھ برس پہلے مارا تھا، جو اب تک گھس چکا تھا۔ اب تو وہ اس سے ڈرنے لگا تھا۔ آج بھی پال حسب معمول رات کے دو بجے آیا تھا، ڈپلومیٹ کے دو چار پیگ لگا کر۔ وسکی کی اصلی مہک تو گھر کے لوگوں نے نیند میں گزار دی تھی لیکن اب بھی اس کے اُلٹے سانس میں سے بو آ رہی تھی۔

پال چھبیس ستائیس برس کا ایک دُبلا پتلا نوجوان تھا۔ اندر ہی اندر کڑھتے، کھولتے رہنے سے اس کے بدن پہ بوٹی نہ آتی تھی۔ اس کے باوجود چہرے کی بناوٹ، اور مونچھوں کی ہلکی سی تحریر کے ساتھ وہ مرد کے طور پر قابلِ قبول تھا۔ عورتیں اسے بہت پسند کرتی تھیں کیونکہ وہ بچّوں کو بہت پسند کرتا تھا۔ کردار کے اعتبار سے پال امنگ بھرا تھا اور جاہ طلب بھی۔ اس میں انا بے انتہا تھی۔ یہ انا جس کی وجہ سے اس کی ناک کے نتھنے پھٹے جاتے تھے اور وہ بڑے زوردار طریقے سے اپنے آپ کو پال آنند کے نام سے متعارف کراتا تھا جیسے وہ کوئی روایت ہو۔ یہ روایت اس نے کہاں سے پائی تھی؟ اپنے

باپ، سنت رام ہی سے ناجو ایک بہت بڑی ایڈورٹائزنگ ایجنسی کا مالک تھا اور جس نے اپنے بیٹے کو شہزادے کی طرح سے پالا تھا۔ اس کی ماں دھوبن سے چوری چوری رقمیں دی تھیں اور اس عمل میں اپنی بیوی سے اپنے تعلقات خراب کر لیے تھے۔ پھر اس نے پال کو عافیت کی چھت دی تھی — ایک ایسے مکان کی چھت جس میں تین بیڈ روم تھے اور ایک شاندار ڈرائنگ روم جس میں استادوں کی پینٹنگ تھیں۔ پھر دن میں دو دو بار بدلنے کے لیے کپڑے۔ یہ سب اپنے باپ سے لے کر وہ کیوں اُسے بھول گیا تھا؟ صرف یہی نہیں، اس سے نفرت کرنے لگا تھا اور یوں پاس سے گزر جاتا تھا جیسے وہ اس کا باپ نہیں، کوئی کرسی ہو۔ اگر حکومت نے کوئی نیا قانون پاس کر دیا جس سے کمپنی فیل ہو گئی، تو اس میں سنت رام کا کیا قصور؟ زندگی میں نفع ہوتا ہے اور نقصان بھی۔ یہ کیا مطلب کہ نفع کے وقت تو سب شریک ہو جائیں اور نقصان کے وقت نہ صرف الگ ہو بیٹھیں بلکہ گالیاں بھی دیں؟ لیکن اس میں پال کا زیادہ قصور نہ تھا۔ وہ آج کل کے زمانے کا لڑکا تھا اور صرف اسی شخص کی عزت کر سکتا تھا جس کے پاس پیسہ ہو یا اس کے ڈھیر سارے پیسے بنانے، بلڈنگیں کھڑی کرنے اور امپالا کار خریدنے کا امکان ہو۔ ایک بار سنت رام کے سوال پہ پال نے یہ بات کہہ بھی دی جس سے بوڑھے کو بہت ٹھیس لگی۔ اس کے اندر کیا کچھ ٹوٹ گیا، اس کا اسے خود بھی اندازہ نہ تھا۔ اس کا کتنا جی چاہا تھا کہ وہ کہیں چوری چاری کر کے، ڈاکہ ڈال کے یا بینک ہولڈاپ کر کے لاکھ روپے بنائے اور اس بیٹے

کے پاؤں میں پھینک کر اس کی اور اس کی ماں کی نظروں میں اپنی کھوئی توقیر پھر سے حاصل کر سکے۔ لیکن لاکھ روپیہ کھلے کھلے نہیں، شاطرانہ ڈاکے سے بنتا ہے جس کی استعداد سنت رام میں نہ تھی۔ جب خسارہ ہوا تھا تو دھوبن یا لاڈو یا پال میں سے کسی نے اتنا بھی تو نہ کہا —— اے جی، یا پپا، کوئی بات نہیں، ایسا ہو جاتا ہے۔ آپ جی میلا کیوں کرتے ہیں؟ جیسے کھویا ہے، ایسے ہی پا بھی لیا جائے گا۔ جو پیسہ بنانے نکلتے ہیں، کھو بھی دیتے ہیں اور یہ ضروری نہیں کہ ہر نقصان اٹھانے والا بے وقوف ہوتا ہے۔ یہ تو وہی بات ہوئی جیسے ہر پیسہ بنانے والا عقلمند ہوتا ہے۔ کیوں سب نے اسے بوڑھا اور سٹھیایا ہوا سمجھ لیا اور بیسیوں بار اس کی طرف دیکھے بغیر پاس سے گزر گئے تھے اور اسے یہ سمجھنے پر مجبور کر دیا تھا کہ وہ اس دنیا میں اکیلا ہے! اس کا تو یہی مطلب ہوا نا کہ اگر پھر سے اس کی مالی حالت اچھی ہو جائے تو وہ ان گزری ہوئی باتوں کو دل میں رکھ کر ایک ہنٹر ہاتھ میں پکڑ لے اور کسی بھی عنایت سے پہلے بیوی اور بچوں کو مار مار کر نیلا کر دے۔ نہیں؟ یہ شوہر اور باپ کا کرتو یہ نہیں۔ لیکن یہ کیوں سمجھ لیا جائے کہ باپ کا کرتو یہ پیار دینا ہی ہے، لینا نہیں۔ گویا اسے پیار کی ضرورت ہی نہیں ہوتی۔ پیار کی ضرورت کیسے نہیں ہوتی؟ ایک سال کے بچے کو ہوتی ہے تو سو سال کے بوڑھے کو بھی۔ اور تو اور اپنے کاکر پنٹیل جمی کو بھی ہوتی ہے جو اس وقت کہیں اپنے ڈربے میں پڑا سو رہا ہے اور بیچ بیچ میں کہیں سے کوئی آواز آنے پہ بھونک اٹھتا ہے۔ کیسے پیار کی نظریں اس کی نظروں سے ملتی ہیں تو ایک پیغام اس کے دماغ سے

دم تک چلا جاتا ہے۔ جو کہ نہ صرف خود بے تحاشا ہلتی ہے بلکہ سارے بدن کو بھی ہلا ڈالتی ہے۔ جس دن اسے کوئی ایسی نظروں سے نہ دیکھے، وہ کھانا چھوڑ دیتا ہے گویا کہہ رہا ہے۔ میں بھوکا رہ سکتا ہوں لیکن پیار کے بغیر نہیں رہ سکتا۔ اور یہاں دھوبن، لاڈو، پال نے اسے جمی کے برابر بھی نہ سمجھا تھا۔

شاید یہ سب اس لیے تھا کہ سنت رام نے زندگی میں صرف دینا ہی سیکھا تھا۔ اور اب یہ اس کی عادت ہوگئی تھی۔ وہ جب دیتا تھا تو جیتا تھا۔ لینے میں اس کی روحانی موت واقع ہو جاتی تھی۔ معلوم ہوتا تھا اسے کاروبار میں خسارے کا اتنا غم نہیں، جتنا اس بات کا ہے کہ اب وہ دے نہیں سکتا۔ اور جب گھر کے لوگ چپکے سے پاس سے گزر جاتے تھے تو وہ ان کی خاموشی کا عجیب اُلٹا سیدھا مطلب نکالتا تھا۔ وہ نہ جانتا تھا کہ لینے والوں کو بھی عادت پڑ سکتی ہے — لینے کی۔ پھر دینا بذاتِ خود ایک سامراجی عمل ہے جو لینے والوں، محکوموں کو تباہ و برباد کر ڈالتا ہے۔ اس سلسلے میں سنت رام بہت سفاک واقع ہوا تھا۔ اس نے کئی بار ادھار لے کر بھی بیوی بچوں کو تحفے دیے جو انھوں نے لے کر رکھ لیے اور بے شعوری کی کھڑکیوں میں سے باہر جھانکنے لگے۔ کسی نے شکریے کا ایک لفظ بھی تو نہ کہا اور نہ تشکر کی نظروں سے اس کی طرف دیکھا۔ سب نے کتنے کمینے اور بزدلانہ طریقے سے اپنی محبت روک لی تھی یا شاید سنت رام کو اپنے گھاٹے کا اس قدر احساس ہوگیا تھا کہ گھر کے لوگوں کی نگاہوں میں اسے اپنے لیے تحقیر کے سوا اور کچھ دکھائی ہی نہ دیتا تھا۔ ایسا معلوم ہوتا تھا کہ اب وہ

اپنے لیے نفرت اور تحقیر ہی کو پسند کرنے لگا ہے اور اس وقت تک خوش نہیں ہو سکتا جب تک کہ وہ اپنی حالتِ زار پہ چند آنسو نہ بہا لے .....

دھوبن کی چوبیس گھنٹے کی نیگنگ اور نصیحتوں کی سنت رام کو اتنی پروا نہ تھی، کیوں کہ وہ ان پڑھ اور بے زبان ہونے کے ساتھ محنتی بہت تھی اور اپنی صفائی پسند طبیعت سے بہت سی چیزوں کی تلافی کر دیتی تھی لیکن ایک رات بڈھے پیار کے لمحوں میں اس نے ہونٹ چرا لیے کیونکہ سنت رام کے منہ سے سگریٹ کی بو آتی تھی۔ لیکن وہ تو بچپن ہی سے سگریٹ پیتا تھا۔ اب، صدیوں کے بعد یہ بو کیسی ؟ شاید وہ اسی خسارے کی بو تھی یا شاید دھوبن بوڑھی ہو گئی تھی اور ٹھنڈی اور خشک کیونکہ یہ جوانی اور اس کی گرمی ہی ہے جس میں بُو اڑ جاتی ہے اور روئے زمین کی سب خوشبوؤں پہ چھا جاتی ہے۔ لیکن اگر دھوبن ٹھنڈی اور خشک اور بوڑھی ہو گئی تھی تو وہ خود بھی تو جوان نہ رہا تھا۔ سنت رام! کیوں اسے اس عمر میں ہونٹوں کی طلب تھی ؟ بوڑھے اور بے کیف ہونٹوں کی جن میں رس نام کو نہ تھا۔ ان پہ تو صرف جلی کٹی تھیں اور کوسنے جن کے سوا اور کچھ آ ہی نہ سکتا تھا۔ دھوبن سیدھی سادی اور نادان عورت تو یہ بھی نہ جانتی تھی کہ جب ہونٹ چرا لیے جائیں تو مرد پہ کیا بیت جاتی ہے ؟ سنت رام انہی کی تلاش میں رل کر ان ہونٹوں پہ اپنے ہونٹ جا رکھتے ہیں جن پہ سوائے نجاست کے اور کچھ نہیں ہوتا۔

یا شاید دھوبن، سیر ہین کی دھوبن پہ 'مینو پاز' چلا آیا تھا اور

اس نے پہلو بدل لیا تھا اور یا اپنے سیج سے اٹھ کر، مور پنکھ کو ہاتھ سے پھینکتی ہوئی، دیکھنے والوں کی طرف سے منھ موڑ کر بیٹھ گئی تھی۔ نہ وہ جادو کے ڈبے والا رہا تھا اور نہ وہ معصوم دیکھنے والے۔ یا خود سنت رام پہ وہ وقت چلا آیا تھا جب کہ جوانی ایک بار پھر عود کر آتی ہے اور آدمی کئی بار بدنامی سے بال بال بچتا ہے۔ پہلے کی سی طاقت کے ساتھ شعور اور تجربہ بھی شامل ہو جاتے ہیں اور ایک پختگی اور رسیدگی پا جانے سے انسان خود ہی اپنے آپ میں تعفن پیدا کر لیتا ہے اور تھوڑے پانی والے پوکھر کی کیچ میں بھینس کی طرح لوٹنے لگتا ہے یا غالباً اس کی وجہ بھی وہی گھاٹا تھی جو سنت رام نے اپنے کاروبار میں کھایا تھا اور مالی طور پر اپنے آپ کو غیر محفوظ پانے کا احساس محبت میں غیر محفوظ ہونے کے احساس میں بدل کر رہ گیا تھا۔

لاڈو کی تو خیر کوئی بات ہی نہ تھی۔ وہ تو بیاہی برس گئی اور اپنے گھر جا بسی۔ وہ تو اب 'بابل کے آنگن کی چڑیا' تھی جو کہیں بھولے ہوئے دانوں کو چنتی ہوئی آ جاتی تھی لیکن پال تو یہیں تھا اور اسے یہیں رہنا تھا ـــــ اسی گھر میں، اسی چھت کے تلے جہاں اُسے بہو کو لانا اور اسے بسانا تھا۔ کہیں اور گھر لے لینے سے تو باپ کے گھر کی چھت نہیں بدلتی۔ وہ کیوں چند باتوں کو نہیں سمجھتا اور یا سمجھنا ہی نہیں چاہتا؟ کیوں اس کے پاس اپنے بہن بھائیوں، اپنے ماں باپ کے لیے چند منٹ بھی نہ تھے؟ امریکن فرم میں اگزکیوٹو ہو جانے سے کیا وہ کوئی خدا ہو گیا تھا؟ کیوں وہ اس فرم کے ذریعے سے پرائیویٹ کنٹریکٹ لینے اور یوں پیسہ پیدا کرنے میں کوئی عار نہ سمجھتا تھا۔ وہ

کبھی تو باپ سے بات کرتا۔ وہ اس سے پیسے تو نہ مانگتا تھا۔ وہ تو فقط یہی چاہتا تھا کہ اس کا بیٹا اس کے پاس بیٹھے۔ وہ تین جسم اکٹھے ہوں، جو ایک دوسرے سے نکلے ہیں۔ بدن، صرف بدن کا لمس ہو۔ یہ نہ بھی ہو تو آنکھیں ملیں جو باپ ہی پہ نہیں، آباد اجداد پہ گئی ہیں۔ پاس بیٹھ کر وہ آج کی نئی تعلیم کی باتیں کرے، جس سے پرانے بہت پڑھے لکھے آدمی بھی پیچھے رہ گئے ہیں۔ کچھ ان کی دنیا کا پتہ چلے، کچھ اپنی دنیا انھیں دکھائی جا سکے۔ اس سے سیکھیں اور اسے بتا بھی سکیں کہ صرف تعلیم ہی بس نہیں، تجربہ بھی ضروری ہے اور چند حالات میں جیمز بانڈ کے علم سے بہت اوپر ہوتا ہے۔ وہ کبھی، کچھ تو مانگے اور کچھ نہیں تو مشورہ ہی سہی۔ کیوں وہ ایکا ایکی اس قدر خود مختار اور بے نیاز ہو گیا تھا؟ یہ دلیل کافی نہیں کہ وہ بڑا ہو کر، اب ماں باپ پر کسی قسم کا بوجھ نہیں بننا چاہتا۔ بوجھ ہی کی بات ہے تو وہ اب بھی بوجھ ہے۔ کیسے کپڑے اتار کر دھوبن کے سامنے پھینک جاتا ہے اور چونکہ گھر میں کچھ پیسے دینا ہے اس لیے ماں ماں ہی نہیں رہی، سچ مچ دھوبن ہو گئی؟ گھر میں بیسیوں مہمان آتے جاتے ہیں۔ انھیں ایئرپورٹ سے لینا یا گاڑی پر چھوڑنے جانا صرف ماں باپ ہی کا فرض ہے؟ اور کچھ نہیں تو لاڈو ہی کو لینے، ملنے چلا جائے۔ وہ اپنی بیٹی ہے تو اس کی بھی بہن ہے۔ اگر پال یہ سب حرکتیں ناسمجھی کے عالم میں کرتا تو کوئی بات نہ تھی لیکن وہ تو بلا کا ذہین تھا اور ایک پل میں ہر معاملے کی تہہ تک پہنچ جاتا تھا۔ پار سال جب ایک نہایت امیر باپ کی اکلوتی بیٹی سے اس کا رشتہ ہونے کی بات چلی تو کھٹ

سے اس نے انکار کر دیا اور بولا ــــ دس سال مجھے آپ کے چکّر سے نکلنے میں لگے ہیں، پپّا! آپ چاہتے ہیں میں اور دس سال ایک امیر کی اکلوتی بیٹی کے چکّر سے نکلنے میں گزار دوں؟

کتنے پتے کی بات تھی۔ سنت رام تو اسے سُن کر چکیت ہو گیا تھا اسے اس بات کا گورو بھی ہوا کہ وہ میرا بیٹا ہونے کے ناطے بہت خوددار بھی واقع ہوا ہے اور افسوس بھی۔ افسوس اس لیے کہ باپ کے چکّر سے نکلنے کا مطلب؟ کیا بیٹا باپ کے چکّر سے نکل سکتا ہے یا باپ بیٹے کے چکّر سے؟ کیا وہ ایک دوسرے سے کبھی الگ نہ ہو سکنے والا حصّہ نہیں؟ کیا براعظموں کا فاصلہ ہونے پہ بھی وہ ایک دوسرے سے دور ہوتے ہیں؟ آخر وہ کون اندھا ہے جسے وہ دوڑ دکھائی نہیں دیتی جو باپ بیٹے سے دقتی طور پر یا ہمیشہ کے لیے جدا ہوتے ہوئے اپنے پیچھے چھوڑتا اور چھوڑتا ہی چلا جاتا ہے؟ بیٹا چاہے باپ کے جانے کے بعد یہی کہے کہ میرا باپ نالایق آدمی تھا، ہزاروں کا قرض مجھ پہ چھوڑ کے چلتا بنا۔ اس پہ بھی تعلق تو رہتا ہی ہے نا؟ نالایق باپ اور لایق بیٹے کا تعلق۔ میں تو مر ہی نہیں سکتا، جب تک اپنی اولاد کے لیے کچھ چھوڑ کر نہ جاؤں۔ ایسا ہوا تو ان کی ماں دھوبن تو مجھے وہاں، خدا کے گھر تک نہ چھوڑے گی اور میری روح کا تولیہ تک نچوڑ ڈالے گی۔ لیکن میرے ماں باپ نے میرے لیے کیا چھوڑا تھا؟ اس پہ بھی ان کی عزّت میرے دل میں کبھی کم نہ ہوئی۔ کیا پیسہ اور جائداد چھوڑنے ہی سے کوئی باپ کہلانے کا مستحق ہوتا ہے؟ یہ بات تو اعداد و شمار ہی سے غلط ہے۔ ایک باپ مقروض مرتا ہے، جب ہی دوسرا

جائداد بنا سکتا ہے نا؟ خیر، میرا تو ابھی تغلق روڈ پر ایک بنگلہ ہے۔ کیا ہوا گھاٹے کے بعد اس پہ تھوڑا پیسہ لے لیا؟ کیا میں اتنا ہی گیا گزرا ہوں کہ مرنے سے پہلے اس کا رہن بھی نہ چھڑا سکوں؟ پھر گاؤں جگ دل میں زمین ہے، دو سو بیگھہ۔ جس میں سے کچھ بڑوں کی ہے اور کچھ میں نے اپنے پیسے سے بنائی ہے۔ کیا یہ میری ہمت نہیں کہ اتنی مصیبت آپڑنے پر بھی میں نے اس کا ایک انچ نہیں بیچا؟ میں نے اس لیے نہیں بیچا تاکہ میرے پرکھوں کی روح کو تکلیف نہ ہو اور میرے بیٹے مجھے کوسنے نہ دیں۔ پھر بیمہ ہے۔ بہت ٹوٹ آئی تو خودکشی کرکے بیوی بچّوں کو پیسہ دلوا سکتا ہوں۔ جبھی سنت رام کو اپنا باپ یاد آیا اور اس کی موت کا وقت، جس میں صدمے کی انتہا تھی اور اس کے بیچ ایک عجیب سی پر اسرار خوشی بھی کہ اب جو بھی اچھا بُرا کریں گے، اپنا کریں گے۔ اور پال کے سلسلے میں اس بات نے سنت رام کو ایک عجیب طریقے سے مکت کر دیا۔ آخر کون بیٹا ہے، جو اپنے دماغ کے کسی کونے میں اپنے باپ کی موت کی خواہش لیے نہ بیٹھا ہو؟

سنت رام کو ایک عجیب سے سکون کا احساس ہوا۔ ساتھ کے کمرے میں آکر اس نے زیرو پاور والا بلب جلایا اور اس کی مدھم سی روشنی میں لاڈو، اس کے بچّے بابی اور پھر پال کا چہرہ دیکھا اور کچھ دیر کھڑا دیکھتا رہا۔ وہ اپنے بیٹے میں جی رہا تھا اور پھر اپنے پوتے، پڑپوتے میں.....

جبھی سنت رام کو ایک سگریٹ کی طلب ہوئی۔

ارے یار! سگریٹ بھی کیا چیز ہے۔ جس نے بھی اسے ایجاد کیا، حد کر دی۔ کیا ایک ننھا سا رفیق زندگی کا جو آپ کے تنہا لمحوں میں کسی دوسرے کے موجود ہونے کا احساس دلاتا رہتا ہے اور اس کے نام سے آپ کبھی اکیلا نہیں محسوس کرتے۔ بلکہ وہ خود زندگی ہے، جس کا ایک کنارہ خود زندگی ہی کی طرح دھیرے دھیرے سلگتا اور دوسرا موت کے منہ یا منھ کی موت میں پڑا ہوتا ہے۔ وہ آپ کی ہر سانس کے ساتھ جیتا اور مرتا ہوا خود راکھ ہو جاتا ہے، لیکن آپ کے بکھرے ہوئے خیالوں کو ایک نقطے پہ سمیٹ لاتا ہے۔ آپ چند ایسے راز سمجھ چکے ہوتے ہیں، جن کے بعد اور کچھ سمجھنے کی ضرورت ہی نہیں رہ جاتی۔ لوگ کہتے ہیں، اس سے کینسر ہو جاتا ہے — ہوا کرے.... جو لوگ سگریٹ نہیں پیتے وہ کون سی خضر کی حیات جیتے ہیں؟ دنیا کے ہر بشر کو آخر کوئی نہ کوئی بہانہ تو موت کو دینا ہے۔ سگریٹ کا بہانہ کیوں نہ ہو؟

رات جب سنت رام گھر لوٹا تو سگریٹ لانا بھول گیا تھا۔ اور اس وقت ساڑھے چار بجے دکانیں بند تھیں اور سنت رام کی طلب کھلی جو کھلتی ہی جا رہی تھی۔ سامنے بیٹے پال کے سگریٹوں کا پیکٹ پڑا تھا جس کے اوپر ماچس رکھی تھی۔ پال شہزادہ ہونے کے کارن اسٹیٹ ایکسپریس سے ادھر سگریٹ ہی نہ پیتا تھا۔ حالانکہ اس کے باپ، سنت رام کو چار مینار سے لے کر تینچی اور گولڈ فلیک تک سب چلتے تھے۔ اسٹیٹ ایکسپریس پی لوں؟ کیا ضرورت ہے؟ کیا میں چھ سات چھ بجے تک انتظار نہیں کر سکتا جب کہ پان بیڑی کی دکانیں

کھلنے لگتی ہیں؟ لیکن اگر انتظار کرنے دے تو پھر وہ سگریٹ نہیں، دودھ کا گلاس ہوا۔ سنت رام کا ہاتھ پیکیٹ کی طرف لپک گیا۔ زیرو پاور کے بلب کی روشنی میں اس نے دیکھا، پیکیٹ میں صرف دو ہی سگریٹ تھے۔ ایک تو باتھ روم کے لیے چاہیے ہی تھا اور دوسرا؟ کیا پتہ ایک سگریٹ سے اس کا کام نہ چلتا ہو اور دوسرے کی بھی ضرورت محسوس ہو۔ اُس وقت نہیں تو شیو کے بعد سہی۔ یا ناشتے کے بعد۔ اس علاقے میں اسٹیٹ ایکسپریس کہاں ملتے ہیں جو اڑا لینے کے بعد نو دس بجے سے پہلے چوری چپکے رکھ دیے جائیں، جب کہ پال اٹھتا تھا۔ رکھ بھی کیسے دیے جائیں کیوں کہ ان سگریٹوں کے لیے کناٹ پلیس جانا اور آنا پڑتا تھا۔ جس کا مطلب تھا آدھا گیلن پٹرول پھونک دینا —— ایک سگریٹ کے لیے! اس سے اچھا ہے کہ چھ ساڑھے چھ بجے تک انتظار کر لیا جائے۔

لیکن صاحب، سگریٹ جب بلاتا ہے تو اتنی زور کی آواز دیتا ہے کہ کانوں کے پردے پھٹ جاتے ہیں وہ آواز نہ پینے والوں کو سنائی نہیں دیتی۔ اُن کے کان سُر میں نہیں ہوتے نا۔ کیوں نہ بھیکو، اپنے نوکر سے سگریٹ لے لیا جائے؟ وہ تو بیڑی پیتا ہے۔ بیڑی ہی سہی۔ لیکن بھیکو کو اس کی کمبھ کرن کی نیند سے جگانے کا مطلب تو یہ ہوا کہ پورا پہاڑ کھودو اور پھر اس سے ایک کنکری کی فرمایش کرو کیوں کہ بھیکو ہمیشہ ہڑبڑا کر، کیا ہوا کیا ہوا کہتا ہوا اٹھتا تھا جس سے گھر کے سب لوگ جگ جاتے تھے۔ اس کمینے کی نیند بدعنوانیوں کی وجہ سے کبھی نہ پکتی تھی۔ ارے ہاں باہر چوکیدار بھی تو ہے۔ سنت رام

نے دروازہ کھول کر جھانکا اور بتیوں کی روشنی میں اِدھر اُدھر دیکھا۔ چوکیدار کا کہیں تخم بھی نظر نہ آتا تھا۔ پونے پانچ بجے تھے اور وہ اپنی سمجھ میں پانچ بجا کر، اپنی ڈیوٹی پوری کرتے ہوئے کسی چور کے ساتھ جا سویا تھا۔ بیکار ہی ہم لوگ اسے پیسے دیتے تھے۔ کون سا ڈاکہ پڑنے والا تھا۔ جب کہ سامنے پولیس کی چوکی تھی؟ بھیکو، چوکیدار یا چوکی کے کسی سنتری سے بیڑی مانگنے سے تو یہی اچھا ہے کہ اپنے بیٹے کا اسٹیٹ ایکسپریس پیا جائے۔ اسے برا تو لگے گا مگر جو ہوگا دیکھا جائے گا.....

چنانچہ سنت رام نے پیکیٹ اٹھایا اور ایک سگریٹ نکال کر سلگایا۔ ایک ہی کش سے سنت رام کا اضطرار آدھا رہ گیا تھا، دوسرے کش سے ایک چوتھائی۔ اس حساب سے تو تیسرے چوتھے کش سے پوری تسلی ہو جانی چاہیے تھی۔ لیکن سگریٹ کا بھی عجیب حساب کتاب ہوتا ہے، جیسے اضطرار کا اپنا لاجک۔ چوتھے کش کے بعد اضطرار کے کم ہونے کی رفتار گھٹ جاتی ہے اور سگریٹ کے جلنے کی زیادہ۔ بہرحال بہت مزہ آیا۔ اسٹیٹ ایکسپریس اتنا اسٹرانگ سگریٹ تو نہیں جتنا چار مینار، مگر اچھا ہے۔

پورا سگریٹ پی چکنے کے بعد سنت رام کو محسوس ہوا کہ اس نے برا کیا وہ تھوڑی دیر کے لیے ایک سگریٹ کے بغیر نہ رہ سکتا تھا؟ نہیں۔ جوانی میں آدمی اپنے حواس پہ قابو رکھ سکتا ہے، بڑھاپے میں نہیں۔ آخر بیٹے کا سگریٹ پیا ہے نا؟ مجھے خوشی ہونی چاہیے اور اگر وہ میرا بیٹا ہے تو اسے بھی کیسا مزا آیا۔ چھوٹی چوری میں بہت

مزہ ہوتا ہے۔ جبھی بابی کے بڑبڑانے کی آواز آئی۔ ماروں گا، میں تم کو ماروں گا۔ وہ خواب میں کسی سے لڑ رہا تھا؟ لاڈو نے آدھے سوئے، آدھے جاگے عالم میں اسے تھپکنا شروع کیا۔ سو جا بابی، سو جا۔ بابی سو گیا۔ اور وہ بھی سو گئی۔ پال کو کچھ پتہ نہ تھا۔ اس کے خرّاٹے تو جا چکے تھے۔ البتہ ناک میں کوئی چیز اڑے ہونے کے کارن سیٹی سی بج رہی تھی۔ جبھی اندر سے دھوبن کی آواز آئی۔

"سگریٹ پی رہے ہو؟"

"ہاں"۔ سنت رام نے وہیں سے کہا۔

جس کے جواب میں وہ بولی۔ "صبح صبح شروع ہو جاتے ہو۔ دن تو چڑھنے دو۔۔۔ یوں کلیجہ جلانے سے بیمار ہو گے کہ نہیں ہو گے؟"

سنت رام نے دل ہی دل میں کہا — میری بیماری کی جیسے بہت پرواہ ہے۔ یہ گھر کے لوگ۔ جب پروا کرنی ہوتی ہے تو نہیں کرتے اور جب نہیں کرنی ہوتی تو کرنے لگتے ہیں۔ اس نے اندر کے کمرے کی طرف منھ کر کے صرف اتنا کہا۔ "تم سو جاؤ، ابھی سوا پانچ ہوئے ہیں!"

دھوبن کی آواز اس انگڑائی میں سے چھن کر آئی: "نہیں مجھے ہیٹر لگانا ہے، پانی گرم کرنا ہے۔ بہت کپڑوں کا ڈھیر ہے۔۔۔۔"

جبھی دھوبن کے اٹھنے کی آواز آئی۔ ہاں صاحب، جب عورتیں اٹھتی ہیں تو وہ اس بات کا رکھ رکھاؤ نہیں کرتیں کہ کھٹ پٹ سے کوئی ڈسٹرب ہوگا۔ وہ بستر کی چادر کو چھانٹ رہی تھی، جیسے اس پہ کہیں ریت آ پڑی ہو۔ پھر الماری کی کیں سنائی دی اور اس

۵۳

ہیں سے دودھ کے لیے پیسے نکلے۔ پھر سینڈل کی کھٹ کھٹ جو برسوں پہلے اچھی لگتی اور دماغ میں فتور پیدا کرتی تھی۔ اب یوں معلوم ہوتا تھا، جیسے ہتھوڑے پڑ رہے ہیں۔

چادر چھانٹتے ہوئے دھوبن کی آواز آئی — "اوف، اوف... دماغ جل گیا ہے، سگریٹ کی بو سے۔"

"اچھا اچھا" سنت رام نے کہا۔ "تمھیں بو آتی رہتی ہے۔"

دھوبن کو واقعی بہت بو آتی تھی جو غالباً عمر کا تقاضہ تھا۔ چوتھے کمرے میں کوئی سگریٹ پئے۔ اسے وہیں سے پتہ چل جاتا تھا۔ ایسے ہی وہسکی شراب کا۔ چاہے کسی نے صرف چکھا ہی ہوا ہو، اس کی کنجوسی، اس کے اخلاقی طور پر اچھا ہونے نے گھر کے سب لوگوں کو چور بنا دیا تھا۔ سب بے حال ہو کر غلطیاں کرنے اور پھر انھیں چھپانے کی کوشش کرتے تھے لیکن دھوبن سے کوئی چھپا نہ سکتا تھا۔ کئی بار ایسا ہی ہوا کہ آپ نے باہر نکل کر، بالکنی پر جا کر سگریٹ سلگایا لیکن جب مڑ کر دیکھا تو دھوبن موجود۔ جس سے سگریٹ کا مزہ ہی جاتا رہا۔ اس کی اس روک ٹوک نے پال میں بغاوت کا جذبہ پیدا کر دیا تھا۔ اب وہ کھلے بندوں سگریٹ پیتا تھا۔ بلکہ اس نے اسکاچ کی ایک بوتل گھر ہی میں لا رکھی تھی۔ باہر سے آنے پر جب اسے محسوس ہوتا، شراب کم پڑی ہے تو ایک، آدھ پیگ گھر ہی میں لگا لیتا۔ ماں سے اس کی کئی بار لڑائی ہوئی تھی۔ دھوبن آخر اس سے ہار گئی تھی۔ اس نے کہا بھی تو اتنا — "میرا کیا ہے؟ جو آئے گی، اپنی قسمت کو روئے گی۔"

سگریٹ !..... دراصل مرد اور عورت کے مرد کی بو کو ایک ہونا چاہیے، ورنہ سب تباہ ہو جاتا ہے۔ اس تباہی کے کارن سنت رام نے اپنی ٹائپسٹ ڈولی کو پہلے سگریٹ پلا لیا تھا!

پال اٹھے گا تو کیا کہے گا؟ یوں ایک سگریٹ پی لینے میں تو کوئی بات نہیں۔ لیکن کسی عمل، کسی ذائقے کا تکمیل نہ پانا برا ہوتا ہے۔ یہ ایسے ہی ہے، جیسے دو محبت کرنے والوں میں کوئی تیسرا آجائے۔ پھر پال کئی باتوں میں کس قدر کمینہ ہے۔ ایک بار اس کا جوتا پہن لیا تو وہ کتنا جُزبُز ہوا تھا۔ اس نے جوتے کو یکسر پھینک ہی دیا اور کہنے لگا میرے اور پتا کے پیر ایک ہیں کیا؟ اب یہ کھل گیا ہے اور میرے کام کا نہیں۔ سنت رام کو بہت دکھ ہوا۔ اور ایک بار بیٹے کا جوتا پہن لیا تو کیا ہوگیا؟ بیسیوں بار اس نے میرا چپل پہنا ہے، میں نے تو کچھ نہیں کہا ہے۔ اُلٹا مجھے خوشی ہوئی، اس احساس کے ساتھ۔ میرے بیٹے نے میرا جوتا پہنا ہے۔ اور بڑوں کا یہ کہن بھی دماغ میں آیا کہ جب باپ کا جوتا بیٹے کو برابر آجائے تو پھر اسے کچھ نہیں کہتے۔ چنانچہ جب سے میں نے سب کہنا سننا چھوڑ دیا۔ نہیں ایک بار اس نے کسی اسمگلر سے امریکی جرکن خریدی تھی، جو مجھے بہت اچھی لگی۔ پال کو بھی بہت اچھی لگی تھی، جبھی تو اس نے خریدی۔ لیکن، میں ہمیشہ کی طرح اپنے بڑھاپے کے کارن، اپنے پہننے کے جذبے کو روک نہ سکا۔ چنانچہ میں نے پہن لی۔ اس کے رنگ بڑے شوخ و شنگ تھے اور مجھے اسے پہننے میں بہت مزا آیا۔ لیکن پہلے تو دھوبن نے میرے مزے کو کرکرا کیا۔ وہ مجھے دیکھ کر ہنسی تھی۔

"کیا ہوا؟" میں نے پوچھا۔

وہ اندر ہی اندر اپنی ہنسی دباتے ہوئے بولی۔ "کچھ نہیں۔ ۔ ۔"

اور پھر وہ رہ بھی نہ سکی اور کہنے لگی — کیسے گھوم رہے ہو، جیسے دیسی مرغا مرغی کے گرد گھومتا ہے!"

یہ جذبات کا دھوبی پٹرہ تھا۔ خیر،

لیکن رہی سہی کسر پال نے ہی پوری کردی۔ میں نے اپنا شوق پورا کرنے کے بعد اس جرکن کو بڑی احتیاط سے وارڈروب میں ٹانگ دیا۔ لیکن صبح ہی تو پال جرکن کو میرے پاس لے آیا اور بولا —

"پپا! آپ ہی اسے پہن لیجیے۔"

میں نے مجرمانہ انداز سے کہا۔ "کیوں — تم کیوں نہیں پہنتے؟"

"یہ میرے کام کا نہیں رہا۔" وہ بولا۔ "دیکھتے نہیں آپ کا پیٹ بڑا ہے۔ آپ کے پہننے سے الاسٹک چلا گیا ہے، اس کا۔"

مجھے بے حد غصہ آیا اور میں اس پہ برس پڑا۔ میں نے کہا۔ میں تمھارا باپ ہوں۔ جرکن پہن لی اور تمھارا نقصان کر دیا؟ تم نے سیکڑوں نہیں ہزاروں بار میرا نقصان کیا ہے۔ میں نے کبھی تمھیں کچھ کہا ہے؟ اُلٹا میں خوش ہوا ہوں۔ چلو یوں کہہ لو کہ باہر سے ناراضی کا ثبوت دیا ہے لیکن اندر سے میں کتنا خوش تھا؟ تم سیکڑوں بار میری قمیص، میرا جوتا پہن گئے ہو۔ میں نے یہی کہا — "میرا بیٹا، میرے کپڑے پہنتا ہے اور تم نے اسی طرح اس دن تین گھوڑے والی بوسکی قمیص میرے منھ پہ دے ماری۔ تم نہایت کمینے، نہایت بے شرم آدمی ہو۔

بجائے اس کے کہ پال کو افسوس ہو، وہ میرے ساتھ دلیل بازی

پر اُتر آیا: "آپ پان کھاتے ہیں" وہ کہنے لگا۔ "اور اس کا کوئی نہ کوئی چھینٹا اس پہ پڑ جاتا ہے۔ کیا وہ قمیص پھر میرے پہننے کے لائق رہتی ہے؟"

ان دنوں بھی لاڈو یہاں، اپنے مائیکے آئی ہوئی تھی۔ اس جھگڑے میں وہ بھی پاس آ کھڑی ہوئی اور بول اٹھی۔ "پپا بالکل میری طرح ہیں..."

ان دنوں چھوٹے دونوں بھی جو اس وقت اپنے ماموں کے ہاں گڑگاؤں گئے ہوئے تھے، یہیں تھے۔ پھٹکی بھیکو کی مدد سے بستر کی سلوٹیں نکالتی ہوئی بولی — "ہاں! بات کرتے ہیں تو لاڈو دیدی کی طرح منھ کی ساری پھوار سامنے والے پہ چھوڑ دیتے ہیں۔ تماشا اس وقت ہوتا ہے جب کہیں پپا اور لاڈو آپس میں بات کر رہے ہوں، تو۔"

لاڈو ہنس رہی تھی۔ دوسرے سب سن رہے تھے۔ نہ چاہنے کے باوجود میرے چہرے پہ بھی مسکراہٹ چلی آئی تھی۔ بات سنجیدہ رہی تھی اور نہ مضحک۔ میں نے ٹالتے ہوئے کہا بھی تو اتنا — "ہاں آخر لاڈو کا باپ ہوں نا، اس پہ گیا ہوں۔"

اور تو اور، چھوٹا دمن بھی ہنس رہا تھا، نجلیوں کی طرح۔ پھیپھڑے پیدائشی طور پر کمزور ہونے کے کارن وہ کبھی کھل کے نہ ہنسا — "ہی ہی، پان کھاتے ہیں نا پپا۔" اس نے کہا "تو قمیص پہ سامنے تو لگتا ہی ہے، لیکن پیٹھ پہ نہ جانے کیسے لگتا ہے؟" یہ سب سمجھتے تھے میں پان منھ سے تو کھاتا ہی نہیں، قمیص سے کھاتا ہوں۔ اس پہ طرفہ دھوبن منظر پہ چلی آئی۔ میرا خیال تھا ماں ہونے کے ناطے وہ باپ کا پکش لے گی لیکن صاحب، اس نے اُلٹا بیٹے بیٹیوں کی تائید شروع کر دی۔ "کیا پوچھتے

ہو ان کا؟" وہ بولی "بالکل بابی ہیں دوسرے۔ کھانا کھائیں گے تو سالن گرتے پہ گرا ہوگا، لکھنے بیٹھیں گے تو سیاہی۔ میں ان کا کروں کیا؟ پتہ تو مجھے چلتا ہے نا، دھوتے دھوتے جس کے ہاتھ رہ جاتے ہیں۔ پر میری قسمت۔ عمر گزر گئی میری، ان کے داغ نکالتے نکالتے...."

صرف ایک بابی رہ گیا تھا۔ اس کے ہاتھ میں ایک چھوٹا سا بانس تھا، جس سے وہ "بڈھا بابا" کو بھگا رہا تھا "ماروں گا۔" وہ خلا میں خیالی دشمن کو خطاب کرتے ہوئے کہہ رہا تھا۔ مجھے یوں محسوس ہونے لگا جیسے اس کا بڈھا بابا، اس کا خیالی دشمن میں ہوں۔ پھر جگی کے بھونکنے کی آواز آئی، جیسے آپ اتفاقیہ بات کہہ دیجیے۔ بھیکو بجلی کا بل چکانے چلا گیا تھا، ورنہ وہ اپنی مگھی بولی میں کہتا "ہم میاں بی بی کا جھگڑا میں نا ہیں پربو" اور یہ بات اور بھی میرے خلاف ہو جاتی۔ گھر بھر میرا دشمن ہو گیا تھا۔ ایسا پہلے تو نہ تھا، چند برس پہلے۔ جب سے مجھے کاروبار میں گھاٹا پڑا ہے، دنیا ہی بدل گئی ہے۔ کسی کو میری بات ہی پسند نہیں۔ یا شاید میں بوڑھا ہو گیا ہوں اس لیے سب کو برا لگتا ہوں۔ مجھے ان کے سامنے سے ٹل جانا چاہیے، اس دنیا سے ٹل جانا چاہیے لیکن میں جاؤں تو کہاں جاؤں؟ میں نے اس گھر، ان لوگوں پہ اپنی جان بھی وار دی۔ نہ کسی کلب کا ممبر ہوا، نہ ریس کورس پہ گیا۔ یہ تو یہ، کوئی پکچر بھی ڈھب سے نہ دیکھی۔ کام، کام اور کام۔ تفریح کے لیے ایک لمحہ نہیں۔ اسی لیے میں ذہنی طور پر بیمار ہو گیا ہوں۔ شاید پاگل۔ پاگل نہیں تو سنکی ضرور ہوں۔ کبھی پاگل یا سنکی کو پتہ چلا ہے کہ وہ کیا ہے؟ اسے تو صرف دوسرے جانتے ہیں۔ کبھی کبھی ان کی

شکلوں سے اپنی شکل کا پتہ چلتا ہے۔ نہیں، یہ بات نہیں۔ خدا، کسی کو خسارہ نہ ہو۔ جوانی میں جو ہونا ہے ہو جائے، لیکن اس ڈھلتی عمر میں نہیں، جب کہ مدافعت کی ساری قوتیں ختم ہو جاتی ہیں۔ بچوں کا فادر امیج گڑبڑ ہو جاتا ہے، اور بیوی کا بھی...

پال آٹھ بجے اُٹھ گیا تھا۔ اسے اُٹھتے دیکھ کر سنت رام سُنسنا گیا ڈرنے کی ایک نشانی یہ ہے کہ آدمی سامنے یا دل میں کہنے لگے۔ میں کسی سے ڈرتا ہوں؟ سنت رام پہ اچھی طرح واضح ہو چکا تھا کہ وہ اپنے بیٹے سے ڈرتا ہے وہ نہیں چاہتا تھا معاملے کو اس سطح پر لے آئے، جس سے بیٹا یہ کہے کہ میں اس گھر میں نہیں رہوں گا۔ پال تو چاہتا تھا ایسا موقع پیدا ہو.... کوئی سُنے تو ہنسے۔ بیٹے کا ایک صرف ایک سگریٹ پی لینے سے اتنا ڈر اور اتنی ذہنی بک بک؟

چائے سے پہلے پال نے باپ کی طرف دیکھا اور معمول کی نمسکار کی جس کے جواب میں سنت رام نے سر ہلا دیا اور اپنی نگاہیں نیچی کر لیں۔ وہ چاہتا تھا کہ پال دوسری طرف دیکھے تو وہ اس کی طرف تکے۔ لیکن پال نے برابر اپنا منھ باپ کی طرف کر رکھا تھا جس سے گھبرا کر سنت رام نے اپنا چہرہ "ہندوستان ٹائمز" کے پیچھے چھپا لیا۔ پھر اسے تھوڑا ہٹا کر دیکھا تو پال سڑک سڑک چائے پی رہا تھا جس کے بعد اس نے کھٹ سے پیالی پرچ میں رکھی۔ پھر وہ سگریٹ کا

پیکٹ تھامے باتھ روم کی طرف نکل گیا۔

اب تک تو سب ٹھیک تھا۔ پال نے پیکٹ کھول کر نہیں دیکھا تھا نا۔ جب وہ باتھ روم جائے گا، تب اسے پتہ چلے گا۔ اور سنت رام بیٹے کے باہر آنے اور اس کا چہرہ دیکھنے کے لیے یوں ہی اِدھر اُدھر ہوتا رہا۔ دھوبن نے کہا— نہاؤ گے نہیں؟ تو جواب میں جھلاتے ہوئے سنت رام نے جواب دیا.... تمھیں نہانے کی پڑی ہے۔ ایک ہی بار نہاؤں گا۔

دھوبن حیرانی سے سنت رام کے چہرے کی طرف دیکھنے لگی۔ پھر اس کی ہنکار کو معمول کی لایعنی سمجھ کر ناشتے کے دھندے میں مشغول ہوگئی۔

تھوڑی دیر میں پال باتھ روم سے آیا تو اس کے ہونٹ بھنچے ہوئے تھے۔ ماتھا کچھ اور پیچھے ہٹ گیا تھا۔ وہ واش بیسن میں جلدی جلدی اپنے ہاتھ صابن سے دھو رہا تھا۔ اتنی جلدی کیا تھی؟ کیوں وہ جلدی بھاگ جانا چاہتا تھا؟ سامنے اس نے آئینے میں اپنے چہرے کی طرف دیکھا۔ منھ سے جھاگ پلیٹ رہے تھے۔ نہیں، ہاتھ دھوتے ہوئے جھاگ اڑ کر چہرے پہ چلے آئے تھے۔ چونکہ ابھی صابن سے اٹے تھے، اس لیے اس نے کرتے کے بازو سے جھاگ، کو پونچھ دیا اور پھر اپنا چہرہ دیکھنے لگا، اس کے نتھنے پھول رہے تھے۔ دوسروں کو دیکھ کر نتھنے پھلانا تو سمجھ میں آتا تھا لیکن اپنے آپ کو دیکھ کر نہیں۔ ہاتھ دھوتے ہوئے پال لوٹا تو دھوبن نے آواز دی ——"رات تم پھر پی کر آئے تھے؟"

پال نے کوئی جواب نہ دیا۔ صرف اتنا کہا۔ "ہاں، آج پھر پینے والا ہوں۔"

دھوبن تن گئی۔ وہ ایسی دبنے والی تھوڑی تھی؟ اس نے صاف کہہ دیا — آج پی کر آئے تو میں دروازے میں قدم نہ رکھنے دوں گی جس کے جواب میں پال نے کہا — آنا کون چاہتا ہے، اس جیل خانے میں؟ میں نے پہلے ہی گولف لنکس میں ایک کمرہ دیکھا ہے۔ پھر دھوبن کی پائیدار آواز آئی۔ نکل جاؤ۔ ابھی نکل جاؤ، جس سے سنت رام کی جان نکل گئی۔

"دیبی،" سنت رام نے کڑک کر کہا۔ "کیا کہتی ہو، یہ گھر تمھارا ہے؟"

اسی پنچم میں دھوبن نے جواب دیا۔ "ہاں میرا ہے، جانا ہے تو جائے۔ تم بھی جانا چاہتے ہو تو جاؤ، بھلا ہو تم باپ بیٹوں کا، جنھوں نے جینا سکھا دیا۔" اور پھر وہ رونے لگی .....

سنت رام اسی بات سے توڑرتا آیا تھا کہ ایسا موقع نہ آئے۔ بیٹے کی بدعنوانیوں کو دیکھ دیکھ کر وہ اندر سے کڑھتا رہتا تھا لیکن باہر سے کچھ نہ کہتا تھا۔ یہ کہنا تو بہت آسان ہوتا ہے۔ چلے جاؤ، مگر پھر واپس آجاؤ کہنا مشکل۔ پال کے باقی کام کی رفتار اور بھی تیز ہو گئی۔ وہ جلدی جلدی شیو بنا رہا تھا اور اپنی ٹھوڑی پر بشیار قط لگا رہا تھا اور خون پونچھ رہا تھا۔ اس نے ماں کو ایسا جواب کیوں دیا؟ وہ ماں کو اُلٹی سیدھی کہتا تھا، تو سنت رام کو تکلیف ہوتی تھی اور ماں اسے کچھ کہتی، تو اذیت۔ لیکن ماں بیٹے کا رشتہ زیادہ قدرتی تھا، جس سے وہ ایک دوسرے کو سُن سُنا کر پھر ایک ہو جاتے

تھے مگر آج پال کا انداز یہی تھا کہ وہ جائے گا تو پھر نہیں آئے گا...

"آنا کون چاہتا ہے، اس جیل خانے میں؟" —— اس کا کیا مطلب - پال کچھ نہیں کہہ رہا تھا۔ لیکن اندر سے محسوس کر رہا تھا کہ اس گھر میں آنے کا کیا فائدہ، جہاں کوئی چیز اپنی نہ رہ سکے۔ جوتا، نہ جرکن اور نہ سگریٹ - پھر پال جلدی جلدی نہایا۔ اور کپڑے پہنتے ہوئے باپ کے پاس سے گزر گیا۔ سنت رام نے اسے بلانے کی کوشش کی لیکن اس نے اَن سنی کر دی۔ اخبار بھی اٹھا کر نہ دیکھا اس نے، اور اسٹیٹ ایکسپریس کا سگریٹ پوری نفرت سے کھڑکی کے باہر پھینکتا ہوا وہ نکلنے لگا۔ دھوبن تو اس سے لڑ بیٹھی تھی، اس لیے اس نے بیٹے کو ناشتے کے لیے بھی نہ پوچھا۔ سنت رام نے اسے روکنے کی کوشش کی اور آواز دی ——

"بیٹا ناشتہ تو کر لو۔"

"نہیں۔" پال نے مصمم جواب دیا اور باہر نکل گیا۔ جس انداز سے اس نے پیچھے زور سے دروازہ بند کیا تھا، اس سے روح تک میں تشنج پیدا ہو گیا۔

پال کے جاتے ہی دھوبن اور سنت رام میں ٹھن گئی۔ وہ تو اسے صرف اس فضیحتے کے سلسلے میں ملعون کر رہا تھا لیکن دھوبن ایک طرف روئے جا رہی تھی اور دوسری طرف کوسنے دے رہی تھی۔ اسی سلسلے میں وہ نئے پرانے سب دفتر کھول بیٹھی۔ اس کی باتوں سے تو ایسا پتہ چلتا تھا کہ اس گھر میں آ کر اس نے کبھی کوئی سکھ ہی نہیں دیکھا۔ وہ بہت کھوٹی قسمت والی تھی حالانکہ سنت رام سمجھتا تھا کہ اس دنیا کا کوئی سکھ نہیں جو اس نے بیوی کو نہ دیا ہو۔ اور اگر دکھ ہی دیکھا ہے

تو ساتھ اس نے بھی تو دیکھا ہے۔ لیکن، بیوی نہ صرف اپنے بلکہ پوری اولاد کو تباہ و برباد کرنے کا ذمہ دار سنت رام کو ٹھہرا رہی تھی۔ وہ کہہ رہی تھی، پہلے یتیم بھائی بہنوں کے سلسلے میں مجھے ڈانٹتے، لڑتے جھگڑتے رہے میرے ساتھ۔ پھر دوست مجھ پر لاد دیے۔ ایک ہاتھ سے بچہ کھلا رہی ہوں اور دوسرے سے روٹیاں پکا رہی ہوں ان بڑکوں کے لیے۔ اب قصائی اولاد کے حوالے کر دیا۔ اتنی چھوٹ دے دی۔ پیسے کپڑے کی، جس سے وہ نالایق نکل آئے سب کے سب۔ اور اب بیٹے کی یہ ہمت کہ وہ تمھارے ہوتے سوتے مجھے آنکھیں دکھائے۔

سنت رام حملے کے بجائے مدافعت پہ اتر آیا۔ واقعی وہ کیا تھا جو بیوی کو بچوں سے نہ بچا سکتا تھا اور نہ بچوں کو بیوی سے۔ جب تک لاڈو بھی جاگ گئی اور آنکھیں پونچھتے ہوئے منظر کو دیکھنے لگی۔ کاش وہ تھوڑی دیر پہلے اُٹھ جاتی اور اپنے بھائی کو جانے سے روک لیتی۔ وہ میرا بیٹا ہے تو اس کا بھی تو بھائی ہے۔ لیکن ماں کو روتے دیکھ کر وہ اس کی طرف ہو گئی۔ بظاہر اس نے ماں ہی کو چپ کرنے کے لیے کہا اور سنت رام کی طرف دیکھا صرف۔ لیکن اس کے دیکھنے ہی میں کیا کچھ نہ تھا، جس سے سنت رام کے اور بھی اوسان خطا ہو گئے۔ اور اس کے بعد وہ بچے کو سنبھالنے لگی اور گھر میں اپنے میاں کو ٹیلیفون کرے تاکہ وہ آئے اور اسے لے جائے۔ اس کے بعد ایک خاموشی سی چھا گئی، جس میں دھوبن کے سسکنے کی آواز سنائی دے جاتی تھی۔ یہ خاموشی..... لاڈو اور دوسرے بچوں نے بھی تو یہ سمجھ لیا تھا کہ روز کا معاملہ ہے کون اس پہ سر دُھنے؟ یہ کیا میرا ہی معاملہ تھا؟ سنت رام

نے سوچا۔ گھر کے کسی اور بشر کا نہیں؟ پال تو پہلے ہی سے بھرا بیٹھا تھا۔ ماں کے بات کرنے سے پہلے۔ دھوبن کی بات تو صرف ایک بہانہ ہوگئی۔ وہ چاہتا تھا پال کو کوئی سا بھی بہانہ دے لیکن اس نے نہیں تو اس کی ماں نے اسے دے دیا۔ کیونکہ وہ جل بھن گیا تھا۔ پیکٹ میں صرف ایک ہی سگریٹ پاکر.....

سنت رام دفتر میں داخل ہوا تو اس نے کسی کے علیک سلیک کا جواب نہ دیا۔ لیکن ان لوگوں کو کیا پرواہ تھی؟ آج صاحب کا موڈ اچھا نہیں، کسی نے کہا۔ پھر، دوسری طرف سے آواز آئی۔ اچھا کب ہوتا ہے؟ کیبن میں داخل ہوتے ہی چپراسی چندو سے سنت رام نے سگریٹ کا پیکٹ منگوایا۔ چندو ہمیشہ پہلے ہی سگریٹ خرید کر رکھتا تھا۔ وہ اپنی جیب سے دام خرچ کر دیتا اور جب مالک سے مل جاتے تو جیب میں ڈال لیتا۔ سنت رام نے اپنا کوٹ ٹانگا۔ پیکٹ پر سے کاغذ پھاڑا، سگریٹ نکالا، سلگایا اور کام کرنے بیٹھ گیا۔ لیکن آج سنت رام کا جی کام میں نہ تھا۔ ایک شدید ڈر نے اس کے جسم و ذہن کو ماؤف کر دیا تھا۔ اس نے گھومنے والی کرسی پہ پیچھے ہٹتے ہوئے اپنی ٹانگیں میز پر رکھیں اور سگریٹ کے دو چار لمبے لمبے کش لگاتے ہوئے سوچنے لگا۔ میں نے کیسے تباہ کر دیا ہے، گھر کے لوگوں کو؟ بیوی اور بچوں کو؟ میں معمر ہونے کے باوجود بڑھتے رہنے کی وجہ سے آج کل کے زمانے

کا ہوں ۔ میں نے شوہر اور باپ بننے کی بجائے ان سے دوستی رکھنے کی کوشش کی ۔ شاید یہی قصور تو نہیں میرا؟ میں نے ایسی باتیں کیں جو پرانے خیال کے باپ نہیں کرتے ۔ جب وہ کالج جا رہی تھی تو میں نے کہا تھا —— وہاں مخلوط تعلیم ہے لاڈو ۔ وہاں لڑکیاں بھی ہوں گی اور لڑکے بھی ۔ اور لڑکے قریب ہونے کی کوشش کریں گے ۔ آج کل ہماری معاشرت میں ایک نئی چیز آگئی ہے جسے گڈ ٹائیم کہتے ہیں ۔ گڈ ٹائیم ، گڈ ٹائیم ہے ۔ لیکن مرد اور عورت میں جو بنیادی فرق ہے ، اسے تم مت بھولنا ۔ مرد پہ کوئی ذمہ داری نہیں بشرطیکہ وہ اپنے اخلاق ، اپنی تہذیب سے اُسے قبول نہ کرے ، لیکن عورت پہ بہت ہے کیوں کہ بچہ اُسے اٹھانا پڑتا ہے ۔ اسی لیے دنیا بھر میں عورتیں نہ صرف قدامت پرست ہیں بلکہ ان سے تقاضہ کیا جاتا ہے ، قدامت پرستی کا اور یہ ٹھیک ہے انھیں کبھی اپنے آپ کو ایسے مرد کے حوالے نہیں کرنا چاہیے ، جو اس کی اور اس کے بچوں کی ذمے داری قبول کرے ۔

دھوئیں کے مرغولے میں سنت رام کو اس وقت بیٹی کا چہرہ یاد آیا ۔ وہ بٹر بٹر باپ کی طرف دیکھ رہی تھی ۔ کچھ سمجھ رہی تھی اور کچھ بھی نہیں ۔ شاید وہ سوچتی تھی —— پپا یہ آج کیا لے بیٹھے ہیں ؟ اس بات کو آج کل کے زمانے کی ہر عورت ، ہر لڑکی سمجھتی ہے ۔ پپا کتنے پرانے خیالات کے ہیں ؟ اگر میں پرانے خیالات کا ہوں تو روز یہ قصے کیا سنتا ہوں ؟ یہ تو ایک ایسی بات ہے جو بدھ کے زمانے میں بھی کہی جانی چاہیے تھی ۔ اور آج کے زمانے میں بھی ۔ کیا انسان مشق اور غلطی ہی سے سیکھتا ہے ؟ لیکن اس کا نتیجہ اچھا ہی نکلا ۔ جہاں اس محلّے کے دوسرے بچوں نے

بدعنوانیاں کیں، وہاں میرے بچوں نے نہیں۔ کم از کم لڑکیوں نے نہیں۔ یہ اسی تعلیم کا نتیجہ تھا جو میں نے انھیں دی۔ تو پھر یہ تباہی کیسی؟ پال پچیس برس کا ہو گیا تھا جب میں نے براہ راست اس سے پوچھا کہ اسے عورت کے سلسلے میں کوئی تجربہ ہوا ہے؟ چونکہ وہ بیٹا ہونے کے علاوہ میرا دوست تھا، اس نے سب کچھ کہہ دیا۔ اب مجھے اس بات کی فکر پڑ گئی کہ وہ تجربہ کامیاب ہوا یا نہیں کیونکہ جنسی فعل ایک بہت بڑی ذمّے داری کی چیز ہے۔ اس میں کوئی سی بھی غلطی پوری زندگی پر چھا سکتی ہے۔ اسی لیے تو مرد عورت کے بیچ صحبت اور شادی کی چاردیواری کا تحفظ لازمی ہے۔ لیکن پال بھی میری طرف بٹر بٹر دیکھ رہا تھا اور شاید جی ہی جی میں ہنس رہا تھا اور کہہ رہا تھا — ہونہہ! ذمّے داری! ..... پپّا انیسویں صدی میں سانس لے رہے ہیں۔ لیکن یہ طے تھا کہ بہت سی باتیں وہ نہ جانتا تھا اور میں نے اس کے دماغی جالے اور پھپھوند اتاریں اور اسے اس قابل بنایا کہ وہ دنیا اور اس کے حالات کا مقابلہ کر سکے۔ اور آج اس بیٹے نے اس کا ایک سگریٹ پی جانے سے منہ موڑ لیا مجھ سے!

نہیں، ہو سکتا ہے معمول کی طرح وہ کسی اپنی ہی دُھن میں ہو اور جلدی گھر سے باہر نکل گیا ہو۔ فرق یہی ہے نا کہ پہلے وہ دس کے قریب جاتا تھا اور آج ساڑھے نو بجے نکل گیا تھا..... کل میری ایک فرم سے لاکھ روپے کی ڈیل ہونے والی ہے۔ سب ٹھیک ہو جائے گا۔ اگر پال خفا بھی ہو گیا ہے، تو راضی ہو جائے گا۔ پھر سب مل کر کلّو کے پہاڑ پر جانے کا پروگرام بنائیں گے۔

لیکن، ایک سگریٹ . . . صرف ایک سگریٹ . . . . .

سنت رام کا خون بار بار کھول اٹھتا تھا۔ جیسے اس نے بیٹے کو معاف نہ کیا ہو۔ خود کو معاف نہ کیا ہو۔ مگر جو باپ بیٹے سے نفرت کرتا ہے۔ اپنے آپ سے نفرت کرتا ہے۔ تو اس کا الٹ بھی درست ہے کہ جو بیٹا باپ سے نفرت کرتا ہے وہ اپنے آپ سے نفرت کرتا ہے۔ پال دراصل باپ سے نفرت نہیں کرتا تھا، خود سے نفرت کرتا تھا کیونکہ مقابلے کی اس دنیا میں جب تک وہ باپ سے آگے نہیں نکل جائے گا، خود کو معاف نہیں کرے گا وہ باپ سے محبت اس وقت کر سکے گا جب وہ اسے نالایق اور بے وقوف ثابت کر دے . . . . .

سنت رام نے گھنٹی پہ ہاتھ مارا اور چندر سے کہا ــــ "مس ڈولی کو بلاؤ۔"

ڈولی اندر آئی۔ آج اس نے بالوں کے پرم بنوا رکھے تھے اور چست بلاؤز کے ساتھ ایک سفید رنگ کی ساری لپیٹ رکھی تھی کیونکہ سنت رام کو سفید رنگ بہت پسند تھا۔ لیکن سنت رام نے ڈھب سے اس کی طرف نہ دیکھا۔ ڈولی جانتی تھی، آج کل بوس کٹا کٹا سا رہتا ہے۔ اس نے بھی دنوں سے بزنس کا انداز اختیار کر رکھا تھا۔ یہ تو اس کا کرم تھا کہ ایک بڈھے آدمی سے باتیں کرتی تھی۔ وہ کام کرتی تو پیسے لیتی تھی۔ بیچ بیچ میں دا فر باتیں کیسی ؟

اندر آنے کے بعد جب ڈولی نے 'یس سر' کہا تو سنت رام نے چھلکتی ہوئی نظر اس پہ ڈالی اور اپنے آپ کو کہنے سے روک لیا کہ تم بہت خوبصورت لگتی ہو، ڈولی !

لیکن، ایک لمحے کے لیے اس کا دل جو کہیں بھی چھٹکارہ پانے کے لیے تڑپ رہا تھا، ڈولی کے خوبصورت بالوں میں اٹک گیا۔ یہ عورتیں بھی خوب ہیں۔ اگر مرد کا دل سید ھے بہاؤ میں نہ بہے تو اُسے لہروں اور اُس کے ہچکولوں میں ڈبو دو۔ مگر سنت رام نے جلد ہی اپنی آنکھیں اس طوفانی بہاؤ اور پیچھے کے بھنور سے ہٹالیں اور دائیں طرف درکستاسو کے کیلنڈر کو دیکھنے لگا جیسے اسے کوئی تاریخ دیکھنا ہو۔ ایسی حرکتوں کو عورت خوب سمجھتی ہے اور اپنی نظریں اپنے شکار پہ گاڑے رہتی ہے۔ مرد جانتا ہے کہ اس نے عورت کی آنکھوں میں دیکھا تو گیا۔ اس لیے وہ پرے سے اور پرے سے پرے دیکھنے اور بچنے کی کوشش کرتا ہے۔ لیکن کب تک؟ آخر منٹ کے سوویں حصے کے لیے وہ مجبوری اور بے اختیاری کے عالم میں پھر اس کی طرف دیکھ لیتا ہے اور یہ وہ لمحہ ہوتا ہے جس میں اس کی آخری پھڑپھڑاہٹ ٹھنڈی ہو جاتی ہے۔

سنت رام نے ڈولی سے پوچھا — "پرکنز کہاں ہے آج کل؟"

— پرکنز ڈولی کا بھائی تھا، جاہن پرکنز۔

"یہیں ہے۔" ڈولی نے جواب دیا اور تھوڑا مسکرانے کی کوشش کی۔ وہ سنت رام کے اس سوال کو اِدھر اُدھر کی باتوں میں سے سمجھتی تھی۔ جو مطلب پہ آنے سے پہلے مرد ہمیشہ کرتا ہے۔ لیکن وہ تو سخت بزنس کا عمل جاری رکھنا چاہتی تھی۔ آخر کوئی مذاق ہے؟ جب چاہے بلالو۔ جب چاہے جھٹک دو۔ اتنے دنوں تک بات بھی نہ کی۔ دیکھا تک نہیں اور گزر گئے اور آج ایکا ایکی پرکنز یاد آیا ہے!

لیکن ڈولی بھی کب تک بزنس کا انداز رکھ سکتی تھی۔

سنت رام نے ڈولی کو نادانی کے عالم میں سگریٹ پیش کر دیا۔ ایک لہر سی ڈولی کے بدن میں دوڑ گئی جو اس کے بالوں کے پرم سے زیادہ مضطرب تھی۔ اس نے اپنے بڑھتے ہوئے ہاتھ روک دیے اور بولی "نو تھینکس" اور پھر غصے اور شکایت سے اس کی چھاتیاں اوپر نیچے ہونے لگیں۔ سنت رام نے اس کی نظروں میں اپنی نظریں گاڑتے ہوئے ایک رونے انداز میں کہا —— "ڈولی ....."

ایسا معلوم ہوتا تھا جیسے سنت رام کہنے جا رہا ہے —— دنیا نے میرے ساتھ یہ سب کیا ہے۔ گھر کے لوگوں نے کیا ہے۔ ایک تم تھیں جو ایک معمولی سے 'ریز' کے لیے مجھے التفات کا دھوکا دے سکتی تھیں اور تم نے دھوکا دیا اور وہ مجھے ایسی محبت لگی جو سچی محبت سے کہیں اوپر ہوتی ہے۔ اس میں وہی فرق تھا۔ جو اصلی بوسے اور چیدی کے بوسے میں فرق ہوتا ہے۔ جس میں پچھلا لاکھ روپے کا گھاٹا اور آنے والا لاکھ روپے کا نفع بڑے خوبصورت طریقے سے ایک دوسرے میں حل ہو جاتے ہیں ... ڈولی نے سنت رام کی طرف دیکھا، ورنہ وہ اور بھی بوڑھا ہو جاتا اور اسے ایک کی جگہ کئی اور گھاٹے پڑ جاتے، جن سے وہ خود بھی بے کار ہو جاتی۔ اس نے اپنے رحم کی تہوں سے سوچا، جو اس کی ماں تھا اور دنیا بھر کے مردوں کی ماں، چاہے وہ جوان ہوں یا بوڑھے پھر 'آل رائیٹ' کہتے ہوئے اس نے اپنا ہاتھ سگریٹ کی طرف بڑھایا۔ سنت رام نے لائیٹر جلا کر ڈولی کا سگریٹ سلگایا۔ ڈولی نے کش لگا کر، دھواں چھوڑتے ہوئے ایسی ہی سگریٹ کی طرف

دیکھتی ہوئی سنت رام کی طرف بڑھی ....

جبھی سنت رام نے کہا "پر کنز شہر میں ہے تو اسے کہو...."

ڈولی وہیں رک گئی اور اس کی طرف دیکھنے لگی تاکہ وہ اپنا فقرہ مکمل کرلے ـــــ سنت رام نے کہا: "مجھے اسٹیٹ ایکسپریس کا ایک کارٹن لادے، پیسے پھر دے دوں گا۔"

"آل رائیٹ" ڈولی نے کہا اور پیچھے ہٹتی ہوئی وہ کیبن سے باہر نکل گئی۔

سنت رام گھر پہنچا تو کارٹن کی قلعہ بندی کے باوجود وہ دوڑ رہا تھا۔ ایک نہیں، بیسیوں واہمے دامن گیر تھے، اس کے، جن کے بارے میں وہ ڈھو بن یا لاڈو سے نہ کہہ سکتا تھا۔ اس کے پہنچنے کے تھوڑی دیر بعد ہی پال چلا آیا۔ سنت رام کے بدن میں جو کپکپی پیدا ہورہی تھی، بند ہوگئی۔ بلکہ ایک عجیب طرح کے سکون، نرمی اور گرمی کا احساس ہوا اسے جیسے سردیوں میں کوئی کمرے کے اندر بخاری جلادے لیکن پھر وہی ڈر اس کے جسم و ذہن کا احاطہ کرنے لگا ـــــ کہیں اپنے کپڑے لتے اٹھانے اور گولف لنکس کے کمرے میں منتقل ہوجانے کے لیے تو نہیں آیا، پال؟ مگر اس بات کے تو کوئی آثار نظر نہ آتے تھے۔ پھر وہ آج جلدی کیوں چلا آیا تھا؟ وہ تو کبھی نہ لوٹا تھا رات کے ایک دو بجے سے پہلے!

کیا وہ اچھا بیٹا ہو گیا تھا؟ لیکن اچھا بیٹا ہونے کے باوجود وہ چپ کیوں تھا؟ وہ لاڈو کے ساتھ بات کر سکتا تھا۔ اور نہیں تو بالی کے ساتھ کھیل سکتا تھا۔ کمینہ کس قدر بغض سے بھرا ہوا تھا اس کا سینہ۔ لیکن پال نے کوئی کپڑے وپڑے اکٹھے نہ کیے۔ وہ ایک منٹ کے لیے اپنے کمرے کی طرف گیا اور پھر باپ کی طرف آیا اور جیب میں سے ایک پیکیٹ نکال کر پپّا کو پیش کر دیا۔ سنت رام نے دیکھا اور پوچھا——"یہ کیا ہے؟"

"رشین سوبرائن۔"

رشین سوبرائن سگریٹ.... اور پورا پیکیٹ؟ خون سنت رام کے کانوں اور آنکھوں تک آنے لگا——ایک سگریٹ تو کیا پی لیا ہے اس کا۔ اس کے عوض پورا پیکیٹ لا کے دے رہا ہے۔ جوتا مار رہا ہے ایک طریقے سے سنت رام نے پیکیٹ اٹھایا اور پورے زور سے پال کے منہ پر کھینچ مارا۔

"لچے، شہدے، حرامی۔" سنت رام کہہ رہا تھا۔"تو کیا سمجھتا ہے میں اپنے سگریٹ بھی خرید نہیں سکتا؟ تجھے خرید کر نہیں دے سکتا؟ اتنا تو نہیں مرا ہوں، جتنا تو سمجھتا ہے۔ ابھی تو تیرے ایسے سو کمینوں کو خرید کے رکھ لوں اور جیب میں ڈال کے چل دوں.... باسٹرڈ!"

پال کی کچھ سمجھ میں نہ آ رہا تھا۔ اس نے اپنا ہاتھ ہونٹ پہ رکھ لیا، جس پہ پیکیٹ کے لگنے سے ایک کٹ سا چلا آیا تھا اور خون کا ایک نقطہ سا دکھائی دے رہا تھا۔ اس نے کہا بھی تو صرف اتنا ——"پپّا!"

لاڈو بیڈروم سے دوڑی ہوئی آئی اور اس نے بھی اتنا سا کہا — "پپا!" پھر دھوبن مڑتی ہوئی بولی — "کیا ہوا جی؟"

"کچھ نہیں۔" سنت رام نے سب کو پیچھے دھکیلتے ہوئے کہا "مجھے اس بچے سے اپنا حساب برابر کر لینے دو۔ بہت دیر ہوگئی اسے ڈھکے ہوئے...." پھر اپنے بیٹے کے چہرے پہ خون کا قطرہ دیکھ کر سنت رام اور ڈر گیا، اور بھی وحشتناک ہوگیا کیوں کہ بیٹے کا خون دیکھنا کوئی آسان بات نہیں۔ دیکھنے والے کو بظاہر وہ بیٹے کا خون معلوم ہوتا ہے لیکن خون اس کا ہوتا ہے، جس کا وہ خون ہے..... اور بھی آگے لپکتے ہوئے منہ پہ کف لاتے ہوئے سنت رام کہہ رہا تھا— "میں تجھے جان سے مار دوں گا، آج۔ چھوڑ دو، چھوڑ دو مجھے — یہ بھی ایک مثال ہو جانے دو۔ بیٹے باپ کا خون کرتے آئے ہیں۔ آج باپ کو بیٹے کا خون کرنے دو۔ مادر.... میں نے تجھے کیا نہیں دیا؟ تو باہر پنجاب پڑھنے کے لیے گیا تو چار سو روپے مہینہ بھیجتا رہا۔ پھر تو وہاں سے بھاگ آیا اور میرے دوست نے دو برس تجھے اپنے ہاں رکھا اور تجھے تعلیم دی۔ میری وجہ سے اس نے تجھے اپنے ہاں رکھا، ورنہ تجھے کون پوچھتا ہے — چیتھڑے کو؟ اور پھر بھی پیسے بھیجتا رہا۔ میرے بیٹے کو تکلیف نہ ہو۔ اور تو اس سے ہوٹلوں اور ریستورانوں میں جاتا، ہر قسم کی بدمعاشیاں کرتا رہا۔ تیرے اپنے بکنے کے مطابق تیرے دوست تجھے شہزادہ کہتے تھے کیوں کہ تو باپ کے مال پہ عیش کرتا تھا۔ پھر تو نے بی۔ اے میں کمپارٹمنٹ کی اور امتحان کو پورا نہ کیا کیوں کہ تو ہندی میں فیل ہوگیا تھا۔ ہندی بھی کوئی بات تھی بھلا؟

میں نے کتنی بار تجھ سے منتیں کیں کہ ایک مضمون ہے، پاس کر لے لیکن تجھے اس سے چڑ ہو گئی۔ پھر بھی میں نے تجھے گھر رکھا اور روٹیاں کھلاتا رہا۔ ہوتا کسی باہر کے ملک میں تو اٹھارواں پھاندتے ہی باپ تیرے چوتڑ پر لات مارتا اور باہر نکال دیتا۔ یہ اپنا ہی ملک ہے جس میں اس قسم کی چوتیا پنتھی چلتی ہے.... جب تیری جیب میں پیسے نہیں ہوتے تھے تو میں تیری ماں کی چوری سے دس بیس پچاس ڈال دیتا تھا اور آج یہ اسی کے کارن ہے کہ وہ مجھے آنکھیں دکھاتی ہے اور کہتی ہے۔ میں نے اپنی اولاد کو تباہ و برباد کر دیا۔ تیری وجہ سے میں نے اپنی زندگی تباہ و برباد کر لی۔ یہ تیرا ہی نقرہ ہے نا کہ میری ماں جس قسم کی عورت ہے، اس سے اچھا تو میرا باپ کوئی داشتہ رکھ لے.... بول، کہا نہیں تو نے؟ جو بیٹا ماں کے بارے میں یہ کہہ سکتا ہے، وہ باپ کی بابت کیا کہے گا؟ روز تو ماں کو گالی دیتا ہوا نکل جاتا ہے اور جانتا ہے وہ گالی کسے پڑتی ہے؟ وہ تجھے گالی دیتی ہے تو گالی کسے پڑتی ہے؟ کیا اس گھر میں کوئی مالک نہیں، کوئی باپ نہیں؟ کیا ہوا جو ایک بار، زندگی میں صرف ایک بار گھاٹا پڑ گیا۔ میں نے لاکھ روپیہ گنوایا ہے تو آج ہی لاکھ روپے کا کانٹریکٹ کیا ہے، جس میں سے کچھ نہیں تو تیس پینتیس ہزار بچ جائیں گے۔ جب تو تیری ماں بھی خوش ہو گی اور یہ لاڈو بھی، جو اس دن باپ کی بجائے مجھے انکل کہہ گئی اور تو بھی خوش ہو گا اور فخر سے میرا نام لے گا۔ میرے پاس ہنس ہو کر بیٹھے گا اور باتیں کرنے کی کوشش کرے گا۔ لیکن میں.... میں تم سب کو سمجھ گیا ہوں۔ منہ تک نہ لگاؤں گا کسی کو.....“

پال کے ہونٹ پھڑکنے لگے تھے۔ اس نے ڈرتے ڈرتے کہا بھی تو صرف اتنا۔ "پر پپا، میں نے کیا کیا ہے؟"

"تم نے؟" سنت رام اور بھی بلند آواز سے چیخا "تم نے مجھے گالی دی ہے، جو کسی نے نہیں دی۔ کسی کی ہمت ہی نہیں پڑی۔ سب جانتے ہیں نا، میں خالی ہاتھوں سے ان کی بوٹیاں اڑا دوں گا۔ تیری یہ ہمت کہ ایک سگریٹ تیرا پی جانے سے تو پورا پیکٹ میرے منھ پر دے مارے؟"

"ایک سگریٹ؟" پال نے کہا۔

"ہاں" سنت رام نے کہا "تجھے پتہ چل گیا نا، میں نے تیرا ایک اسٹیٹ ایکسپریس صبح پی لیا تھا...."

"نہیں.... مجھے تو کچھ نہیں معلوم۔"

اس سے پہلے کہ سنت رام جو کانپ رہا تھا، نیچے گر جاتا، بیٹے نے بڑھ کر تھام لیا اور اس کے گلے لگ کر پھوٹ پھوٹ کر رونے لگا اور کہنے لگا.....

"معاف کردو، مجھے معاف کردو، پپا!"

اگلے روز سنت رام حسب معمول صبح کے چار بجے اٹھ گیا تھا۔ اسے پھر سگریٹ کی طلب ہوئی۔ دھوبن کو ڈسٹرب کیے بغیر وہ ساتھ کے کمرے میں چلا آیا جہاں پال، لاڈو اور اس کا بچّہ بابی سوئے ہوئے تھے۔ سنت رام نے زیرو پاور کا بلب جلایا اور ان کی طرف دیکھنے لگا۔ ہلکی سی مدھم روشنی میں وہ سب فرشتے معلوم ہو رہے تھے — ایک سے ایک حسین اور خوبصورت اور خوشبودار۔ آج بابی کی بانہہ ماں کے گلے میں نہ تھی۔ وہ آزاد اور بے فکر سو رہا تھا۔

سنت رام نے سوچا— کالج بھیجنے سے پہلے میں نے اس بچی کو لیکچر دیا تھا۔ لیکن اگر یہ کوئی بے راہروی کرتی تو کیا میں اسے سڑک پہ پھینک دیتا؟ پال کا تجربہ ناکام ہوتا تو میں اسے زندگی کا کھیل نہ سکھاتا؟ یہ اخلاق... یہ تہذیب، سب باتیں ہیں۔ یہ اور یہاں سے باہر کے سب بچے ہیں جو کھیلتے ہیں، گرتے ہیں، پھر اٹھ کر کھیلنے لگتے ہیں.... دھوبن؟.... دھوبن بے وقوف ہے، وہ نہیں جانتی کچھ— سوائے کپڑے دھونے کے....

سنت رام نے اسٹیٹ ایکسپریس کا کارٹن نکالا اور اسے اپنے بیٹے کے سرہانے رکھ دیا۔ رات اس جھگڑے کی وجہ سے وہ اپنے بیٹے کو دے ہی نہ سکا تھا۔ چلو، یہ اور بھی اچھا ہوا۔ جاگے گا تو ایک دم پورا کارٹن پاکر کتنا خوش ہوگا.... پھر سنت رام نے بیٹے کے دیے ہوئے رشین سوبرائن کے پیکیٹ میں سے ایک سگریٹ نکالا، اسے جلایا اور دھوئیں کے بڑے بڑے کش چھوڑے۔ زیرو پاور کے بلب کی روشنی پہلے ہی کچھ نہیں ہوتی، اس پہ دھوئیں نے اور بھی منظر کو دھندلا دیا تھا اور بچے فرشتوں سے بھی زیادہ حسین لگنے لگے تھے۔ سنت رام کا جی چاہا کہ وہ آگے بڑھ کر پال کا چہرہ چوم لے۔ لیکن کہتے ہیں، سوتے میں بچے کا چہرہ نہیں چومتے۔ جانے کیوں؟ اس وقت تو سنت رام نے یہی سوچا کہ اگر اس نے ایسی حرکت کی تو وہ جگ جائیں گے....

سوبرائن کے چوتھے کش میں کوئی نشہ تھا یا شاید سنت رام کی آنکھیں بیٹے کی شراب سے چڑھ گئی تھیں۔ اس نے دھواں صاف کرتے ہوئے ایک بار پھر سب کی طرف دیکھا اور پھر پرارتھنا کے لیے پوجا کے کمرے کی طرف چل دیا۔

* * *